Sonya
ソーニャ文庫

# 藤平くんは溺愛したい！

春日部こみと



イースト・プレス

contents

# 序章　諸行無常《しょぎょうむじょう》

〝形あるもの、いつかは壊れる〟


そう自分に教えてくれたのは、誰だっただろうか。

もしかしたら、子どもの頃に読んだ伝記か何かの中の一節だったかもしれない。

それが仏教で言うところの〝諸行無常〟の端的な教えだと知ったのは、もう少し後――

中学生の時のことだ。

古典の授業で平家物語を学んだ時、あの有名な冒頭部に出てきたからだ。

「祇園精舎《ぎおんしょうじゃ》の鐘《かね》の声、諸行無常の響きあり、か……」

諸行無常とは、この世の森羅万象《しんらばんしょう》は全て内も外も常に流動変化するものであり、存在は一瞬も同じではないということだと、その時の国語教諭が教えてくれた。

——この世の全てがいつか壊れるのなら、人もいつか壊れるのだろうか。

そんな考えが頭を過《よぎ》ったのは、自分のあだ名のせいである。


〝女の子デストロイヤー〟


これが大学時代に友人たちからつけられた、不名誉極まりないあだ名だ。

自分で言うのもアレだが、見てくれは良い方だ。幼い頃から女性受けが良い顔立ちであったことは確かで、それで得をしなかったといえば嘘になる。両親からの優れたDNAの恩恵を、周囲からすれば腹が立つほど受けてきた自覚があるからだ。

幼稚園では女性の先生方にちやほやされたし、近所のおばさまからは会う度に「今日もかわいいわねぇ」と飴をもらった。

だがそれは雨を浴びることにも似て、天から降ってくるものを受け取ったという感覚に過ぎず、殊更《ことさら》この外見をひけらかしてきたつもりはない。

しかしまあ、この見てくれのおかげで、初めて恋人ができた小学六年生の時以来、大学卒業まで、彼女がいなかった時期はほぼない。

だがしかし、である。

——できればいいというものじゃない。

苦々しく心の裡《うち》で吐き捨てる。

それは悔恨《かいこん》と自嘲《じちょう》の嘆きだ。

——自分と付き合う女性は、皆、心を病んでしまう。

つまり、これがあの不名誉極まりないあだ名の由来である。

無論、当初は憤慨《ふんがい》し、つけた友人たちに文句を言ったものだ。

だが友人たちは皆、面白半分ではなく、真剣な顔で自分に忠告してきたのだ。

『お前は女を狂わせる。自覚した方がいい！』

そんな彼らを、自分は「まったくおかしなことを言う、困った奴らだ」と笑って肩を竦《すく》めたが、心のどこかでは、もしかしたらあながち間違ってはいないのかもしれないと思うところもあった。

歴代の彼女たちは、自分と交際していく中で、大なり小なりおかしくなっていったのを記憶していたからである。

小学生や中学生の頃は、そこまで程度は酷くなかった。その時代はまだまだ子どもの域を出ていないし、親の監視下では互いに使える時間が限られていたからだ。

だが高校生になると、彼女たちの行動にその片鱗《へんりん》を窺わせるものが現れ始める。

更には親元を離れ、自由な時間がたっぷりと与えられる大学生ともなると、片鱗どころか、明らかに見えてくるようになったのだ。

最初は明るく爽《さわ》やかな性格だった子たちが、自分と交際していく内に、強い嫉妬《しっと》心や執着心を持つようになり、やがてその行動は常軌を逸していった。

自分と接触する全ての女性を目の敵にし、少しでも他の女性と話したりすれば、ものすごい形相《ぎょうそう》で詰《なじ》られた。スマホの着信やメールの履歴を見せろと言われ、躊躇《ちゅうちょ》すれば浮気を疑われ泣き叫ばれる。SNSを常時見張られて、どこで何をしているのかを把握《はあく》される。些細なことで呼び出され、四六時中一緒にいてほしいと請われ、やんわりとした軟禁状態になったこともある。

自分も好きになった人とは一緒に過ごしたい性質《たち》だ。だから彼女たちの要求にも、さほど苦を感じることなく受け入れてしまっていたのだが、それも良くなかったのだろう。

要求はどんどんエスカレートしていき、結局耐え切れず別れ話となるのだ。そして更に不思議なことに、耐え切れなくなるのはいつも相手の方だった。

『こんな自分が本当に大嫌いなの。あなたといると、どんどん自分が嫌いになる。もう、耐えられない。ごめんなさい。これ以上、自分を嫌いになりたくない』

泣きじゃくりながらそう切り出され、呆気にとられつつも、「そうか、残念だよ」以外に、自分がかけられる言葉があるだろうか。

自身でも「うーん、そろそろ限界かなぁ」とどこかのんびりと思っていたくらいだから、嫌など言うはずがないのだが……。

それにしても、どちらかというと被害者な自分がもう少し頑張れたと思う程度なんだから、このくらいで音を上げるなんて！　もう少し根性出せよ！　と、少々的外《まと》れなことを考えたりもした。実に釈然《しゃくぜん》としない。

そして満を持して起こったのが、刺傷事件である。

これでさすがに自分も、あの忌々《いまいま》しいあだ名が正しかったのだと認めざるを得なくなった。

その犯人の女性とは、交際にも至っていない段階だった。

いつの間にかよく話すようになって、好印象を抱いていたのは確かだ。

例のごとく前の彼女と泥沼な別れ話をした後、落ち込む自分を励ましてくれた研究室の先輩だった。先輩は、自分の件《くだん》のあだ名も、その由来も知っていたから、きっと分かって警戒してくれているだろうと安心していた。

それなのに、彼女は自分と同じジムに通っていた筋肉仲間《マッスルフレンド》の女性に嫉妬し、刃物でその友人に切りかかったのだ。ジムからの帰り道でのことだった。

すんでのところで友人を庇った結果、自分の脇腹にナイフが沈むこととなった。

そこからの記憶は曖昧《あいまい》だ。

友人の悲鳴、周囲の人々の阿鼻叫喚《あびきょうかん》、救急車のサイレンの音が遠くの方でぼんやりと響く中、両手を血で真っ赤に染めた先輩が、自分を見下ろしていた。

先輩は、笑っていた。とてもかわいらしく。

吊り上がっていく赤い唇がやけに鮮明に見えた。

朦朧《もうろう》とし暗転していく意識の中でも、彼女の笑顔に見える明らかな狂気にゾッとしたのを、今でも忘れられない。

次に目を覚ました時は、病院の一室だった。

駆けつけてくれた母に泣きながら怒鳴られ、姉には鉄拳《てっけん》をお見舞いされた。怪我人に対して酷い扱いであるが、姉にとっての弟の扱いなどこの程度のものであるのが世の常である。ヒエラルキーは生涯覆されない宿命なのだ。

傷は深かったものの幸いにして致命的なものではなかった。日頃からジムに通い、腹筋を鍛《きた》えていた甲斐があり、密集した分厚い腹斜筋《ふくしゃきん》が、刃物が内臓まで到達するのを防いでくれていたらしい。やはり筋肉は裏切らない。真理である。

意識が戻って間もなく、先輩の両親が病室にやってきて、土下座で謝られた。

慌てて「やめてください」と言ったが、ベッドの上で仰臥《ぎょうが》しているスタイルではあまり効果がない。なんとかしてくれと同席していた母に目で訴えたが、母は土下座する二人を冷たい眼差しで見下ろすばかりだった。

まあ、息子を殺されかけたのだから、当然と言えば当然の反応かもしれない。

ようやく顔を上げてくれた二人は、先輩が精神科病院に入院していること、退院後は留学というかたちで国外へ行かせる予定であることを説明し、二度と迷惑をかけないので、告訴だけはしないでほしいと懇願してきた。

聞いていた母と姉が烈火《れっか》のごとく大激怒したが、自分にはその懇願を突っぱねることはできなかった。

本当に〝女の子デストロイヤー〟なのだと自覚してしまった以上、自分にも非がなかったとは言えない気がしてしまったのだ。

それ以上に、真っ青な顔で涙を流しながら土下座をするご両親の姿に、同情を禁じえなかった。

先輩は明朗快活《めいろうかいかつ》、容姿端麗《ようしたんれい》で、教授の覚えもめでたい優秀な学生だった。その年に院試にも受かり、学者としての最初の階段を上りかけた矢先の出来事だったのだ。自慢の娘の突然の凶行に、さぞや度肝を抜かれただろう。心労の滲み出た皺《しわ》のある顔に、これ以上の苦痛を、とはどうしても思えなかった。

母も姉も怒ってはいたが、顔から蒸気が出る勢いで一通り喚《わめ》きたてた後は、結局「お前らしい」と呆れながらもその決断を認めてくれた。

我が家の女性陣は怒りが苛烈《かれつ》ではあるが、長引かないのでありがたい。なむなむ。

先輩は退学処分となり、数か月の入院後、東南アジアの大学に留学したと聞いた。

その頃には刺された腹も完治し復学していた自分は、〝女を狂わせる魔性〟として大学内でもすっかり有名人になってしまっていた。

良識ある女の子たちは噂を恐れて近寄って来なくなってしまったのである。

若く健康な男子としてその状況を嘆いてもいいはずだったのだが、何故か自分はホッとしてもいた。

当然だろう。自分の性質が原因で、一人の人生を狂わせてしまったかもしれないのだから。

――自分は、自分に好意を抱く女性を狂わせてしまう。

そんな自分が、果たして誰かを好きになってもいいのだろうか。

そんな聖職者めいた自戒の念が沸き起こったが、イヤイヤイヤと首を振る自分もまた存在していた。

――自分にだって幸せになる権利はあるのだよ！

まさにその通りである。自分が幸せでなければ、他人を幸せになどできないというのが持論である。だが当家の家訓として「他人《ひと》様に迷惑をかけるな！」というのもある。

ならば折衷《せっちゅう》案である。

「運命の女神を見つける！　それまでは、誰とも付き合わない！」

〝女の子デストロイヤー〟だって愛する人が欲しいのである。

元々、恋愛体質男子である。

好きな女の子がいると世界は色を変えるのだ。

愛は地球を救うし世界を変える。

でもこれ以上の犠牲者は出したくない。もうこれ以上「自分を嫌いになりたくないから、さようなら」なんて言われたくない。辛い。胸が痛い。

だから次に付き合う女の子には、これまでの教訓を活かし、彼女が自分を好きでいられるように最大限の努力をするのだ。嫉妬をさせなくていいように、他の女の子たちとは適度な距離を保ち、彼女のために十分な時間を確保する。だが彼女の要求だけを聞き続けているのではいけない。自分と彼女の価値観をすり合わせ、お互いの受け入れられるところを見つけて、手を取り合って生涯共に生きるのだ。

つまりは、次に付き合う女の子と、結婚するのである。

素晴らしい。

――かくして、自分こと、藤平成海《ふじひらなるみ》の〝運命の女神様探し〟は開幕したのである。

# 第一章　邪智暴虐《じゃちぼうぎゃく》

――文乃《あやの》は激怒した。必ず、かの邪智暴虐の社長を除かなければならぬと決意した。

太宰《だざい》先生のメロスのように、走ればいいのか。走って疲れれば、この湧き上がる怒りを昇華できるのだろうか。

だが残念なことに、文乃が走ったところで、現実は何も変わらない。

社長は邪智暴虐のまま、文乃は明日また繰り広げられるセクハラとパワハラを耐え忍ばねばならぬのだ。なんたる理不尽。

「桜子《さくらこ》、私、いつか絶対ヤるわ、あのクソ社長を」

コーヒーショップのカウンター席で、ベージュのスーツに包んだ長い脚を組み、池松縄《いけまつなわ》文乃は低い声で唸《うな》るように呟いた。

形の良い切れ長の目が、酒を飲んでもいないのに完全に据わっている。

黒々とした豊かなストレートのロングヘアを背に流した、目元の涼やかな和風美女。しかも長身で手足が長く、顔が小さいとくれば、もうそこにいるだけで少々圧倒される美女っぷりだ。

その圧迫感のある美女が、悪魔のような笑みを浮かべ、ブラックコーヒー片手に不穏な発言をしているのだ。周囲は戦々恐々といった具合で、ちらちらと視線を投げている。

話しかけられた友人である大正《たいしょう》桜子が、親友の過激な発言と無駄な圧迫感に顔を引き攣《つ》らせる。

「ヤ、ヤる……？　それって、〝殺〟の方の字だったりする……？」

「当たり前じゃない」

「いや文乃ちゃん、久々に会った親友との会話でいきなり殺人予告は一般的ではないんじゃないかな……？」

桜子が呆れたような半笑いを浮かべながら、生クリームたっぷりのフラペチーノをズゾゾと啜《すす》った。

「どうしたの。また社長になんかされたの？」

桜子が窺うように訊いてくる。

心配そうなその表情に、なんと答えようかと文乃は一瞬逡巡《しゅんじゅん》してしまった。

桜子は大学時代からの親友だ。どれほどブランクがあっても、会えば何の気負いもなく話せるという貴重な友達。その大事な親友に聞かせていい話だろうか。

なにしろ、聞いて気分の良いものでは決してないからだ。——女性ならば、誰でも。

そんな文乃の様子に何かを察したのか、桜子が眉根を寄せてから、自分のバッグの中から何かを取り出して差し出してきた。家電量販店の紙袋だ。

「なあに？　これ、くれるの？」

首を傾げていると、桜子が首肯した。

「ボイスレコーダー。ペン型だから、持ってても怪しまれない。社長のセクハラ発言をこれでちゃんと録音しておくんだよ！」

袋を開ける前から中身を暴露され、その内容に度肝を抜かれて親友をまじまじと見る。

ノロノロと紙袋を開ければ、確かに言われた通りのものが入っていた。

「え……これ」

「どうせまた社長に酷いセクハラされたんでしょう？　いざって時に備えて、これでがっつり証拠を集めとけばいいよ！」

フン！　と鼻息も荒く言って、桜子がニッと笑う。

その笑顔に、文乃はじんと胸が熱くなった。

説明などしなくても、全面的に自分を信じて助けようと手を差し伸べてくれる親友がいる。そのことが無性に嬉しかった。

「……ありがと」

ふ、と口元に笑みを浮かべて礼を言い、透明のパッケージに入ったボイスレコーダーを大事に鞄の中にしまった。

——これ、本当に、ちゃんと使わせてもらおう。

ぐ、と奥歯を嚙《か》み締める。親友の後押しに、勇気をもらった気分だ。

桜子の指摘通り、文乃は勤めている会社で酷いセクハラに遭《あ》っていた。

しかも相手は社長である。

文乃の会社はＩＴベンチャー企業だ。社長は若くしてこの会社を興《おこ》した人で、現在三十四歳。なかなか整った顔立ちをしていて人を惹きつける話術を持っており、確かにカリスマ性がある。数年前に元女優を妻にしたことで一躍有名となり、雑誌やネット界隈でもしょっちゅう話題に上る人物だ。

だが、それはあくまで表向きの話だ。

会社の中では、まさに独裁者と言うべきか。自分の意に沿わない社員には、あからさまなパワハラ・モラハラをしかけるブラック経営者だ。その上女癖が悪く、自分の気に入った女性社員に手を出すという悪癖まである。

見た目が気に入ったからという理由で以前から文乃に目を付けていたらしく、入社当初にいきなり執拗なアプローチをかけられた。

文乃が社長に対して、少しでも男性としての魅力を感じていれば問題はなかったのかもしれないが、生憎欠片《あいにく》も感じることはなかった。

——我ながら、男の人に対して夢を見過ぎなきらいはあるとは思うけど。

文乃は〝理想の人〟を探し求めている。互いのために生まれ、互いのために存在する——〝運命の恋人《ひと》〟だ。

無論、それを他人に話せば、『少女漫画じゃあるまいし』とばかにされそうだという自覚はある。そもそも、文乃は宿命論なんて信じていない。自分の未来が既に定まっていて、自分の力で変えられないなんて思いたくないからだ。自分の将来は今の自分で勝ち取りたい。

それでも〝運命〟だと言いたいのは、文乃にとって、愛する男性はたった一人でいいからだ。自分の人生の中で、一人だけ。その人を愛して、その先もずっとその人と二人で手を握って歩いて行く——そんな人生の伴侶を求めているのだ。

ゆえに、他にも彼女がたくさんいると噂される社長など以《もっ》ての外《ほか》。

だが当時、大学を出たての小娘が、自社の社長にうまく対処し切れるはずもなく、困った文乃は信頼できそうな上司に相談してみたりもした。

だが返ってきたのは、気の毒そうな顔で『台風一過《いっか》を待て』という消極的なアドバイスだけだった。

『社長はとにかく目移りする人で、興味は長続きしないから、適当にあしらっておけばその内すぐに他の女の子に行くよ。君には災難だったけれど、それまで我慢するしかない。君だって波風立ててウチを辞めることにはなりたくないだろう？　ウチほど待遇の良い会社はそうないからね』

最後の台詞は、脅しのつもりだったのだろうか。業腹《ごうはら》だが、確かに給料や福利厚生の面では申し分のない会社である。無論辞めることも一瞬頭を過ったが、社会を知らない若い娘にとって新卒で一年も経たずに辞めることには恐怖があったし、仕事への純粋な向上心もあった。

そして、辞めることに逡巡している内に、社長が有名な女優と交際するようになったのだ。言うまでもなく、現在の配偶者である人だ。若くてきれいな上、知名度も高い恋人に夢中になった社長は、自社の小娘のことなどすっかり忘れてくれたようだ。

上司の言う通り、他に興味が逸れたことで、自分へのセクハラまがいのアプローチはなくなった。

こうして文乃は安心して仕事に邁進できるようになった。元々やってみたかった仕事だったこともあり、企画営業部で着々とスキルを上げていった。そうして数年頑張り、ようやく仕事の面白さが分かるようになってきたこの頃、再び社長の悪い虫が騒ぎ出すようになったのだ。

即《すなわ》ち数か月前より、文乃への社長によるセクハラが再開してしまったということだ。

だが文乃とて、入社当初の右も左も分からぬ小娘ではない。

社会に出て早四年。

しかも企画営業部という、社会の荒波をざんぶらこと被るような部署にいたのである。

自社のソフトウェアやシステムといったIT製品・サービスを売り込むためのこの部署は、会社が顧客を増やし、ビジネスを展開する上では不可欠な存在である。ただ商品を売り込むだけではなく、クライアントと開発部の橋渡し役でもあることから、自社の売り上げにダイレクトな貢献ができるとともに、クライアントの抱える課題の解決にも役立てる……まあ、良く言えばやりがいのある、悪く言えば精神的にも肉体的にも、ものすごく重労働な部署である。クライアントにも自社の開発部にも気を遣わなければいけない調停者なのだから。

文乃はそんな荒波に溺れかけつつ、四年間生き残った、正真正銘の猛者《もさ》である。

社長のセクハラを軽い調子で受け流す度量と技術は習得していたのだ。

妻帯者の露骨な誘いを、にこりと微笑んで、「またご冗談ばかり」といなす美女に、大抵の男であればそこで引いてくれる。

だが、社長は大抵の男ではなかったのだ——悪い意味で。

立場が雇用主と被雇用者であったのも、大変によろしくなかった。

この国で最も有名な国立大学に入学し、在学中に起業した社長は、頂点の立場以外に立ったことがない。即ち、自分の部下である文乃に、体《てい》よくあしらわれたことが我慢ならなかったのだ。

結果、社長の誘いは執拗になり、断る文乃へはセクハラのみならず、パワハラやモラハラが追加されるようになってきている。

会社の中で、この文乃への攻撃は見て見ぬ振りがデフォルトな対応だ。

皆、相手が社長であることから、事なかれ主義に徹している。前述した通り、社長のこの悪癖さえなければ、会社の待遇はとても良いのだ。皆辞めたくはないだろう。

文乃とて、他者を巻き込んで事を荒立てたいわけじゃない。

社長の所業は腹に据えかねるが、この会社が好きだ。自社の製品にも愛着がある。これまで自分がなしてきた仕事の実績も、自分だからここまでやってこられたのだという自負があるし、クライアントとの良好な関係も大切にしたい。

手放したくはない。崩したくない。

そんな執着が、社長をぶん殴ろうとする拳《こぶし》を押しとどめているのだ。

そして社内で発散できない鬱憤《うっぷん》を聞いてくれてきたのが、この大学時代からの親友、大正桜子である。

彼女とは学部も学科も違っていたが、互いに酒飲みであったことから意気投合し仲良くなった。明朗快活で嘘と邪気のない桜子は、気持ちのいい人物だ。気がついたらいつも一緒にいて、互いを親友と呼び合うようになるまでには時間がかからなかったように思う。

文乃は頬杖をついて、しげしげと親友の顔を眺めた。

甘い飲み物に満足げに頬を緩ませる様子がかわいらしい。丸顔に大きな目——女の子らしい風貌《ふうぼう》——自分にはないものだ。

「ほんっと桜子って、かわいいわよねぇ……」

「へっ!?」

文乃の台詞に、桜子がフラペチーノを噴き出さんばかりになって仰天する。

「な、なに言ってんの、文乃ちゃん!?」

「だって！　華奢《きやしや》な体格にころんとしたちっちゃい顔。目はくりくりっと大きいし、ふんわりとしたその雰囲気！　私が男だったら、絶対桜子みたいな女の子を選ぶもの！」

ちょうどよく冷めたブラックコーヒーをガブ飲みしながら言えば、桜子はうんざりという目を向けてきた。

「出た。女子同士の〝もし男だったら〟系の無意味な褒《ほ》め合い。文乃ちゃんからそんな台詞が出るなんて。どうしちゃったの？　『この世にたられば話ほど無益な会話はない』って豪語《ごうご》してたくせに」

「うっ……」

正論に文乃は言葉を詰まらせる。

桜子はこの人畜無害《じんちくむがい》そうな見た目と違い、なかなかにシビアな考え方をする人間だ。だからこそ、自分と気が合ったと言えなくもない。

だがしかし、である。

文乃はギュッと眉間に皺を寄せた。

「だって……あんたには現れたじゃない……〝理想の人〟がッ……！」

そう。これまで互いにフリーであった同胞とも言うべき桜子に、めでたく彼氏ができたと報告を受けたのだ。

指摘され、桜子はパッと頬を赤く染めて、にへらと笑った。

「や、そんな、理想だなんて……」

「理想そのものでしょうがッ！　長身、イケメン、料理上手の世話上手！　毎日美味しいホカホカご飯を三食しっかり食べさせてもらってるくせに！」

謙遜《けんそん》しようったってそうはいかない。いかせるものか。

即座に早口で切り返せば、桜子は不満そうに唇を尖《とが》らせる。

「や、確かに美味しいご飯はありがたいんだけどね？　でも、最近気づいたんだけど、三食食べさせてもらってると、少し弊害があると言いますか……」

「弊害？」

意外な発言に眉を上げると、桜子はちょっと困ったように笑った。

「三食作ってもらうと、就寝時間も起床時間も、お昼どれくらい忙しかったとか、おやつに何を食べたとか、体調も含めて自分の生活も行動も、ぜーんぶ把握されちゃうんだよ。隠し事なんかまったくできやしないの。この間なんて、お客さんからいただいたおっきなどら焼きを、我慢できなくて帰り際に食べちゃってさ」

「帰り際ってあんた……。ちょっとは我慢しなさいよ」

親友の食い意地が凄まじいことは知っていたが、まさか社会人になっても変わっていないのかと少々呆れ顔になってしまう。

「だって釣鐘堂《つりがねどう》のどら焼きだよ⁉　期間限定のイチゴ生クリーム入りだったんだよ⁉……まあ考えなしな私が悪いんだと分かってはいるんだけど、案の定、晩ご飯入らなくて。そしたら目ぇこーんなにして『何を拾い食いしてきたんだい、このおたんちん！』って怒られちゃってさぁ……」

「いや子どもか！　そしてあんたの彼氏はお母さんか！」

小学生とお母さんの会話にしか聞こえなかったのは気のせいではないはずだ。今の話を聞いて分かったのは、生活を把握されているのは、三食提供されているからというよりは、桜子が彼氏に生活全般の面倒を見てもらっているからということだ。

「あんたちょっとは生活力ってものを身につけなさいよ……」

苦言を呈《てい》すれば、桜子はうーんと首を捻っている。

「……っていうか、柳吾《りゅうご》さんと出会う前までは、ちゃんと全部自分でやってたんだけどね……？」

「ああ、まあ、確かにねぇ」

桜子はのほほんとしているが、自立した女性だ。大学も奨学金で通っていたし、家賃も生活費もバイトして自分で稼いでいた。授業に遅刻してくるようなこともなく、部屋に遊びに行った時も小ぎれいにしていたし、身の回りのことも問題なかったように思う。しっかりしているイメージだったのだ。

なんでこんなことになってんだろ……？　と自問する桜子の表情は、なんだかんだで甘く柔らかい。彼氏とうまくいっていて、幸せなのだと窺い知れる。

「それまでできてたことをしなくなってるってことは、彼氏に甘やかされてるってことじゃないの」

指摘すれば、桜子は「う、ま、まあ……」とまた顔を赤くしながら認めている。爆発しろ。

「結局のところ、ノロケじゃないの、ばかばかしい！　いいなぁ、桜子はぁ！　私も〝理想の人〟をゲットしたい！　どこにいるの、私の王子様……」

はあああ、と盛大な溜息を吐いて、文乃は嘆いた。そのままカウンターに顔を突っ伏すと、桜子がその後頭部を手でポンポンとしてくれる。

「文乃ちゃんはずーっと探してるもんねぇ、〝理想の人〟」

親友の優しい手の感触を味わいながら、文乃はやさぐれた気持ちで呟きを返した。

「……そうよ。ずぅっと探しているのに……。どうして現れてくれないの……？」

理想の人。この先長く続いていく人生の道を、一緒に手を繋いで歩んでくれる人。

たった一人の、恋人で、伴侶だ。

そのたった一人を追い求めて早二十六年。彼氏いない歴イコール年齢という、このご時世ではかなり拗《こじ》らせた処女である自覚はある。

初めて付き合った人と結婚したい系女子など、普通に考えれば重いことこの上ない。未だ現れてもいない理想の人に操《みさお》を立てているとも言える行動だ。それでも、子どもを作るという生殖行為を将来を誓い合った人以外とするなど、文乃にとっては言語道断なのである。

「……私は、たった一人でいいの。その人以外は要らない。その人以外には、触れられたくもない。そんなふうに思うのは、おかしいことなのかな……」

キスもセックスも、〝理想の人〟とだけ！　という信念を貫いている文乃でも、こんな泣き言が出てしまうのは、やはり心が弱っているからなのか。

「文乃ちゃんらしくないね。弱気なことを」

　桜子もそう感じたらしく、ポンポンと頭を叩いていた手が、労わるように撫でる仕草に変わった。それに慰められて、文乃は心の中の蟠《わだかま》りを吐き出し始める。

「……前にね、あのセクハラ社長が、隙あらば髪に触ってきたり、肩を抱こうとするから、もういい加減限界って思って、『私はそういう触れ合いはお付き合いする男性とだけ、と決めているので』とハッキリ言ってやったことがあるの」

　文乃の吐露《とろ》に、桜子は「おお！　さすが文乃ちゃん！」と合いの手を入れる。桜子らしい声にクスッと笑って、文乃は顔を上げた。

「そしたら、『今時そんな堅いことを言う女なんか、怖くて誰も相手にしないよ』って言い返されて……」

「はぁあ!?」

　怒りの形相に変わる親友の顔に、文乃はまたもやクスッと笑う。もしかしたら、自分は桜子のこの表情が見たくて、話をしてしまっているのかもしれない。

「誰にも相手にされないのはお前の方だって言ってやればよかったのに！」

　容赦ない桜子の台詞に、文乃は噴き出してしまう。

　それを言った時の社長の顔を想像して、少し溜飲《りゅういん》が下がった気がした。

「その通りよね。……でも、〝理想の人〟を探し続けてもう二十六歳でしょ？　本当にそんな人がいるの？　とか、このまんま一生見つからないんじゃないかとか、考えちゃうこともあるのよ。そしたら、なんだかセクハラ野郎の言うことも一理あるのかなぁとか思っちゃって……」

しかも、もし仮に〝理想の人〟が見つかったとして、その人に〝重い〟と思われたら？　などと、最近の想像は嫌な方向に進みがちだ。

――疲れているのかなぁ。

残念ながら、疲労の原因は大いに心当たりがある。

はあ、とまた溜息を吐いた文乃の手を、桜子がガッシと握った。

唐突な行動にビックリしていると、桜子がかわいい顔をずい、と近づけてくる。

「え、なに、桜子」

「文乃、あなた、疲れてるのよ！」

「……どっかで聞いた台詞だわ」

「そんな時こそ、勝負パンツだ！」

「はぁ!?　あんた公の場で大声でなんてことを……」

突拍子もない発言に、文乃は盛大に眉を顰《ひそ》めた。

だがこちらを見る桜子の顔が無駄にキラキラしている。

「勝負パンツ！」

「まだ言うか！」

「ホラ、就職活動の時に、一緒に買いに行ったじゃん！」

「……ああ」

そういえばそんなこともあったな、と文乃は記憶を探った。氷河期の就活戦争を生き残るために、二人で勝負パンツを買いに行ったのだ。パンツだろうがなんだろうが、あやかれるものにはあやかりたいと必死だった。

「安いとご利益ないって、わざわざ銀座の高級ランジェリーショップに行ってさ」

「……高くてガクガク震えながら買ったのよね」

言いながらその時の心情を思い出して、フッと噴き出してしまう。フランス製のシルクのパンツは、一枚で二万円というお値段だった。学生にはとんでもない高級品。二人で唾《つば》を飲みつつ、清水《きよみず》の舞台から飛び降りるような気持ちで買ったのだ。

「あの時、あんた真っ赤な紐パンツ買ってたわよね」

「文乃ちゃんは真っ赤なTバック買ってたよね」

眼裏に焼き付くような、鮮やかな赤のTバック――。

思い返せば返すほど、何をやってるんだ自分と言いたくなる。若いって怖い。

「あのTバックどうしたの？」

「もうどっか行っちゃったわよ。Tバックなんて穿《は》き慣れなくて、面接試験で一回使ったっきりよ。本当、もったいないことしちゃったわ」

カラカラと笑っていると、隣に座っていた桜子が、いきなりガタンと席から立ち上がった。

トイレだろうかと視線を上げると、桜子が真剣な顔でこちらを見下ろしている。

「文乃ちゃん、買いに行くよ！」

「……え？　何を？」

ポカンとしている文乃の腕を、桜子がぐいぐいと引っ張りながら満面の笑みで答える。

「勝負パンツ！」

「は⁉」

「文乃ちゃん、疲れ過ぎて気合が入らなくなっちゃってるんだよ！　こういう時には、何かお守りを持っておくと良いの！　恵比寿《こ》からなら銀座まですぐじゃん。行こう！」

根拠のない確信に、文乃は一瞬啞然《あぜん》としたものの、次の瞬間、無性におかしくなってきてしまう。

「ぶっ……！　あははっ！　桜子、あんたってば！」

堪らず声を上げて笑い出しながら、そういえば学生時代はこの勢いとノリでいろんなばかをやったものだ、と思い返す。

いつの間にか、こんな無謀な楽しさを、どこかに置き忘れてきてしまっていた。

「ねえ、銀座まで行かなきゃいけないの？　この辺にもランジェリーショップ、探せばあるんじゃない？」

地下鉄の駅に向かいながら訊ねれば、桜子はこちらを振り返ってにんまりとした。

「ダメだよ！　あのお店じゃなきゃ。私、あの時買った勝負パンツね、すごいご利益あったの！」

「あの赤い紐パンツが？」

文乃は驚いた後、笑顔になる。なかなか面白そうな話だ。

詳しく聞かせなさいよ、と肘《ひじ》で腕をつついてやれば、桜子はニヘヘ、と締まりのない顔で眦《まなじり》を下げた。

「実はね……あの勝負パンツがきっかけで、柳吾さんと出会ったの」

「へえ！　……」

なんてロマンティック、と言いかけて、文乃は拳をこめかみに当てた。ロマンティックとド派手な紐パンツは、わりとかけ離れていやしないか。

「いや待って、何がどうしたら真っ赤な紐パンツがきっかけになれるの……？」

記憶はおぼろげだが、桜子の買ったパンツは、確か自分の真っ赤なTバックに負けず劣らずのデザインだったはず。

そんな奇抜なものをきっかけに始まった恋とは、これいかに。

「まぁ、それは二人の秘密ってことでぇ！」

妙な声のトーンで桜子が答える。その少々焦ったような表情から、何かをごまかしたなと思ったが、色恋沙汰にそれ以上のツッコミは無粋かと諦めた。

何事につけても大雑把な親友のことだ。碌《ろく》でもないオチだろう。

「だから、あのお店でまた真っ赤な勝負パンツ買ったら、きっと文乃ちゃんにもいいご縁が降ってくるはず！　いい恋すれば気力も漲《みなぎ》って、セクハラ野郎なんざぶっ飛ばせるくらいに威勢の良い文乃ちゃんに戻るよ！」

ねっ！　と自信満々に同意を求められて、文乃は苦笑混じりに頷いた。

根拠はないけれど、自分を励まそうとしてくれていることだけは分かる。桜子のその気持ちが嬉しくて、そして久しぶりに無謀さを楽しむ気になっていた。

地下鉄に乗って十五分ほどで辿り着ける無謀さなら、無謀とすら言えないだろう。

——せっかくだもん。赤いパンツに大枚、叩《はた》いてやろうじゃないの！

学生時代と違って、こちとら馬車馬よろしく働いていて、そこそこのお給料をもらっている社会人だ。親友の厚意を無下にしないため、そして数年前の若かりし勇敢さを取り戻すため、諭吉《ゆきち》の二枚や三枚、惜しくはない。

「スッケスケの勝負パンツ、買ったろうじゃないの！」

鼻息荒く宣言した文乃に、桜子が弾けるような声で笑った。

「さっすが文乃ちゃん！　カッコイイ～！」

二人は顔を見合わせて笑いながら、地下鉄の改札口を通ったのだった。

＊・＊・＊

もう何年も前の話だったので、店がちゃんとあるか心配していたが、果たして件のランジェリーショップは未だ存在していた。諸行無常、盛衰《せいすい》激しい銀座の街でこうして何年も営業できているのだから、経営者はなかなかのやり手なのだろう。

シャビーな感じに加工された真鍮《しんちゅう》のドアノブを回し、扉を開く。こぢんまりとした店内は白を基調にした内装で、宝石のような下着が美しくディスプレイされていた。

「うわ……」

「すごいねぇ」

以前来た時には、店内のあまりのきらきらしさに気後《きおく》れし、商品を目で楽しむ余裕すらなかったが、さすがに大人になった今、その芸術的な美しさを堪能できるくらいにはなっている。

「いらっしゃいませ。どうぞお手に取ってご覧くださいね」

ザッと店内を見て回っていると、上品な微笑みを浮かべた女性のスタッフが声をかけてくれた。それに微笑みと会釈《えしゃく》を返し、お言葉に甘えて目についた桜色の下着にそっと触れてみる。繊細なレースがたっぷりと使われた、見るだけでうっとりしてしまうようなショーツだ。

「わ……すごくつるつるしてるのに、柔らかい……」

「本当だ！」

二人でキャッキャと触り心地を試していると、スタッフがさりげなく説明してくれる。

「特殊な織り方をしているシルクなんですよ。シルクは見た目の艶やかさと美しさが持ち味ですが、冷たい肌触りは、日本人にとってはあまり慣れない感触です。そこで織り方を工夫し、できるだけコットンに近い風合いを出したのが、こちらのシリーズなんです」

「へえ」

「ラインナップは、ブラジャー、ショーツ、タンガ、あとはベビードールとなっております」

スタッフは言いながら、文乃たちの前に次々とその商品を出してくれる。

「わぁああ……！　ブラジャーも素敵……！」

「ベビードールも……かわいいって言うより、きれいって言うか……なんか、大人な魅力！」

女の性《さが》だろうか。美しいもの、きれいなものを見ているだけで一気に心が高揚してしまう。

文乃と桜子も例外ではなく、うっとりと溜息を吐きながら目の前の下着に夢中になった。

「……ああ、でも、残念……。ピンクじゃなければなぁ……」

ピンクはあまり好まない文乃である。素敵過ぎるデザインだが、このほんのりとした桜色を着こなすには、自分は少々尖り過ぎている気がしてしまう。

──きっと身に着けても、そわそわしちゃって落ち着かないわね。

ピンクに憧れはある。だが、自分という存在をわりと正確に把握できているつもりなので、好きなものと似合うものが別だということも分かっているのだ。

文乃の呟きを耳聡く拾ったスタッフは、目をキラリと光らせて「お任せください」と請け負った。スッと身を屈めて什器《じゅうき》の下に隠されていた引き出しを開けると、その中から同じデザインの色違いをサッと取り出して並べた。

「お色違いがございます！　こちらは三色展開で、ローズ・パールの他、ブランシュと──」

「あっ！　赤！　赤があるよ、文乃ちゃん！」

弾む声でスタッフの説明をぶった切ったのは、もちろん桜子である。

そんなに赤赤と連呼しないでくれ、と内心思ったが、まぁ赤い勝負パンツを買いに来ているので致し方ないだろう。

スタッフはさすがは接客業、かしましい桜子にも動じる様子は微塵も見せず、にっこりと鮮やかな赤のショーツを文乃へ差し出してくれた。

「こちらはカルマンというお色になります。フランス語で、緋色を指します」

「へぇ……」

差し出されたショーツを受け取った文乃は、その鮮烈な赤に目を奪われる。目映いまでの赤だ。

美しい——いや、それ以上に、自分を惹きつける力のようなものを感じる。

——赤は元気が出る色だって言うけど、確かにそうかもしれない。

潔さすら感じるその色は、そこにエネルギーが宿っているかのようだ。

赤い勝負パンツ、とやたらに固執する桜子に冗談のように追従していたが、本当にご利益がありそうな気がしてきた。

「あの、これ、ください。ブラもセットで」

気がつけば、そう口にしていた。

購入前にフィッティングを済ませ、満面の笑みのスタッフにそれらを包んでもらっていると、桜子がニコニコしながら寄ってくる。

「いいのがあって良かったねぇ」

「まぁね。予想外の出費になっちゃったけど、まあ気に入ったからいいわ」

ブラとショーツのセットで諭吉が五枚飛んでいった。

衝動買いで値札も見ずに購入を決めたため、提示された金額に冗談かと目を瞬いたが、数字は変わらなかった。

だが普段仕事ばかりで使う機会もなく、ボーナスがそのまま残っていたから、たまの散財も悪くないだろう。

「これで文乃ちゃんにも、素敵なご縁が降って来るよ、きっと！」

「だといいわねぇ」

半分投げやりな気持ちで相槌を打った時、奥の扉から背の高い男性らしき人影が現れるのが見えた。

――ランジェリーショップに、男性？

従業員専用の扉から現れたということは、この店のスタッフなのだろうか、と怪訝な目で見つめていると、文乃の視線の先を見た桜子が驚いたような声で叫んだ。

「藤平！」

桜子の声に、その男性が弾かれたように顔を上げてこちらを見た。

文乃の目が、彼の容貌をハッキリと捉える。

――ッ！

ドクン、と痛いくらいに心臓が鳴った。

──え……、な、なに、この人……！

男性はピシリとプレスの効いた濃紺のスーツを着ていた。ペールグレイのシャツに暗《あん》紅色《こうしょく》のネクタイを合わせ、胸元のポケットには白いチーフが垣間見える。

左腕のゴツめの腕時計や、使い込まれた革のビジネスバッグ、磨き上げられた黒のウイングチップまで、雑誌から飛び出してきたかのように、完璧なコーディネイトだ。

一見やり過ぎにも見えそうないで立ちだが、鍛えているのが分かるしなやかな体軀な上、手足が長く顔が小さいため、嫌みなく身体に馴染んでいる。

緩くウェーブのかかった黒髪は、前髪が少し長めで額に柔らかな影を落としていた。

そして特筆すべきは、その顔だ。整っている、と言ってしまっていいものか。不思議なバランスの顔だと思う。

シャープな輪郭、凛々しい眉と、高く通った鼻筋。その上にのったウェリントン型の眼鏡は黒縁で、レンズの奥にはくっきりとした二重《ふたえ》瞼《まぶた》の形の良い目。

顔のパーツ全てが男らしいのに、全体で見ると何故か柔らかい──そんな不思議なバランスの顔だと思った。

──超絶好みなんですけど！

自分の理想が服を着て現れたと言っても過言ではない。

それほどまでに、その男性は文乃の心を鷲摑みにした。

男性は桜子を見つけると、大きく眉を上げる。

「あら、大正桜子」

――!?　フルネーム呼び!?　いや、って言うか、オネエ口調!?

見た目とのギャップがあり過ぎる。理想が服を着ているが、一言喋《しゃべ》っただけでそのキャラの濃さが窺い知れた。

もしかして、同性愛者なのだろうか。それであれば、かなりガッカリしなくてはならない。

――って、一目見ただけの人に、何を考えちゃってるの、私……。

自分の軽薄さを叱咤しつつも彼から目を離せないでいると、その眼差しがふとこちらに向けられた。

黒目がちの瞳が、自分を捉える。

先ほどと同じくらい大きな音を立てて心臓が鳴った。ひゅ、と息を呑み、思わず背筋を伸ばしてしまう。

男性が、自分を見て驚いたように目を見開くのが分かった。

互いの存在を捉え合った瞬間、周囲から音が消えた。

眼鏡の奥から放たれるのは、強い眼差しだった。その柔和な印象とは打って変わった、射るような視線に磔《はりつけ》にされた気分で、文乃はごくりと唾を呑む。

彼までは数メートルの距離があるはずなのに、まるですぐ傍にいるかのような感覚に陥る。その息遣いや、鼓動までもが聞こえてくるかのようだ。

彼が茫然と自分を見つめたまま、唇だけを動かして何か言おうとしている。

——何？　何を言おうとしているの……？

彼の一挙一動をもっと把握したくて、一歩足を動かしかけた時、桜子の声が鼓膜を揺るがせた。

「藤平！　なんでこんな所にいるの!?」

聞き慣れているはずの親友の声が、まるで花火の爆発音のようにバチンと鼓膜から全身に響くようだった。

その衝撃でハッと我に返った文乃は、額に手をやり視線を逸らす。指が小刻みに震えていた。

——何、今の……？　白昼夢……？

まるで世界に彼と二人だけしか存在していないみたいな感覚だった。

あまりに彼が好み過ぎて、そんな妄想を抱いてしまったのだろうか。

——いや妄想とか、完全に危ない奴じゃないの、私……。

文乃が自分にドン引きしていると、桜子が彼に向かって歩いて行く。

それを追うようにのろのろと視線を向けると、藤平と呼ばれた彼は桜子に肩を竦めて腕

組みをしていた。

「こんな所って、ウチのお客様じゃないの。担当じゃなくても顧客なんだから、ちゃんと把握しておきなさいよ」

呆れたように叱られて、桜子はテヘへと頭を掻いている。

会話の内容から、どうやら二人は同じ会社の同僚らしい。

――桜子の同僚ってことは、会計事務所の人か……。

「桜子たちは？　お買い物？」

彼がそう言いながらこちらへ視線を向けた。その眼差しは、先ほどの白昼夢の中の焼けつくような強いものとは違い、優しく穏やかで、春の日だまりのようだ。

――やっぱり、私の妄想だったのね。

夢見る夢子ちゃんの自覚はあったが、まさか白昼堂々、妄想まがいの夢を見てしまうなんて。

訊ねることでやんわりと紹介を促されたことに気がついたのか、桜子が文乃を振り返る。

「そう、親友とお買い物。美人でしょ？」

言いながら桜子は、ニイ、と口元に笑みを湛えて藤平を見上げた。あからさまに意味深な視線にも動じることなく、彼はスマートに微笑みを返す。

「ええ、とっても美人さんね」

「なぁによぉ、見惚《みと》れてたくせにぃ」

「いいから紹介してちょうだい。彼女、どうしていいか分からなくなってるじゃない」

ぺし、と肩を叩かれて、桜子が「藤平のくせに」と鼻を鳴らして文乃を手招きする。

「文乃ちゃん、こちら、私の同僚の、藤平成海。藤平、私の大学時代からの親友の、池松縄文乃ちゃん」

——藤平、成海さん……。

彼の傍に歩み寄りながら、心の中でその名前を反芻する。人の名前がこんなにキラキラして聞こえるのは、生まれて初めてだ。

桜子の隣に並べば、藤平がこちらを見て、にっこりと微笑んだ。

美しい、完璧な笑みだった。

「はじめまして、大正桜子の同僚で、藤平成海と言います」

差し出された右手は、大きくて骨張っている。長い指の関節まで、嘘みたいに自分好みだ。

——気がどうかなりそう……！

こんなにも〝理想そのもの〟な人がいるなんて。

誰かにこんなにも胸がときめく日が来るなんて。

——桜子の言う通り、赤い勝負パンツのご利益なのかしら……！

「池松縄文乃です」

内心の歓喜と動揺を押し隠し、文乃は精一杯の微笑みを作って、その好み過ぎる手に自分の手を重ねた。

ぎゅ、と握られる強さまで、震えるほど理想通り。

——とうとう、見つけてしまった……！

池松縄文乃、二十六歳。

長年探し求めた〝理想の人〟を、ついに探し当てた瞬間だった。

# 第二章　寸善尺魔《すんぜんしゃくま》

　ようやく念願かなって〝理想の人〟を探し当てたかと思ったものの、相手もそうだとは限らないというのが、世の中の世知辛いところというか。

　先日〝理想の人〟こと藤平成海に運命を感じた文乃は、この機を逃してなるものかと、早速藤平と連絡先を交換することに成功していた。

　営業職で培《つちか》った対人スキルと、物怖じしない性格に、この時ほど感謝したことはない。

　藤平の方も嫌がる素振りはなく、非常に優しくさえあったので、これは出だしから良い調子なのではないかと、心躍らせていたのも束の間。

　食事に映画にと誘えど藤平が乗ってくることはなく、その度『ごめんなさい。その日はちょっと都合が悪くて……』とやんわりとした拒絶が返ってくるばかりだったのだ。

　二度断られ、三度目の正直だと、週末を狙って食事に誘ってみた。しかも、藤平と共通の友人である桜子と、その彼氏である桃山《ももやま》柳吾を含めての鍋パーティという姑息な手段を使って。だというのに、それでも藤平の答えはNOだった。

「そうそう自分に都合よく、地球は回ってないってことよねぇ……」

文乃はやさぐれた気持ちで低く呟いて、ビールグラスをゴツリとテーブルの上に置く。さすがに三度断られれば、見込みはないと思わざるを得ない。というか、再び誘う勇気なんぞ出ない。もうやだ怖い。

「……やっと見つけた〝理想の人〟だったのに……。短い春だったなぁ……」

「……文乃ちゃん……」

クリーム色の土鍋の中で、ぐつぐつと煮えるキムチ鍋。美味しそうな匂いのその湯気の向こう側で、桜子が心配そうに眉根を寄せている。その隣では、栗色の髪の美丈夫が、慰めるように文乃のグラスにビールを注ぎ足した。

「若い娘がそんな哀しい顔ばかりではいけない。腹が減っては戦ができぬと言うからな。今日はめいっぱい飲んで食べなさい」

言いながら、菜箸《さいばし》でせっせと鍋の中に青々としたニラを投入している。

桜子から話には聞いてはいたが、なんとも世話焼きな男性である。

この鍋も全て彼が作ってくれたらしい。ありがた過ぎる。

「……いいなぁ、桜子。こんな料理上手で世話焼きなイケメンが彼氏とか……」

傷心で弱っているせいで、ボロボロと本音がダダ洩れた。普段だったら言わない類《たぐい》の妬《ねた》み心だ。

「あげないよ」

それまで心配そうだった桜子が、スッと真顔になって即座に切り返してくる。

「……要らないし」

「要らないんかい！」

それはそれでなんか腹立つ！　と笑いながらツッコミを入れてくる親友に、文乃は唇を尖らせた。

「……欲しいのは、藤平さんだけだもん」

ボソリと吐き出した未練に、桜子は手にしていた箸を置き、腕を伸ばして文乃の頭をポンポンとやった。

「文乃ちゃんはこんなに健気でかわいいのに……どうしてかなぁ」

「本当に、どうしてなのかなぁ」

自分の何がダメだったのだろう。会話したのは初対面のあの時だけで、あとはメールのやり取りだけだったから、ダメ出しされるほど自分のことを知ってくれているとも思えない。ならば、最初に連絡先を交換してくれと迫ったのがまずかったのか。だが、それほど強引だったわけではない。うまく話の流れに乗った感じで、さりげなく言えていたはずだ。

となると、やはり顔だろうか。

考えても詮《せん》ないことだと分かっているのに、それでも気がつけばタラタラとそんなことばかり考えてしまっている。

「未練がましいなぁ……」

「うーん。まだ失恋って決めつける必要はないと思うけどなぁ。だって告白もしていないのに」

桜子がビールをグビ、と飲みながら、未練を煽るようなことを言うので、文乃はじろりと彼女を睨みつけた。

「そんなこと言ったって、告白さえさせてくれる気配もないのに、できないよ。いくら私でも」

「それなんだよねぇ……。藤平の奴、何考えてるんだろう」

桜子が腑《ふ》に落ちないといった顔で腕組みをしている。

柳吾は黙ったまま、女性二人の会話に加わろうとしない。そのあたりがものの分かった大人の男性という印象だ。それればかりか、取り皿に鍋の中身を取り分けてくれて、二人の前にそっと置いてくれる。どこまで世話焼きなのだろうか。

取り皿を覗き込めば、豚バラ肉や艶々したモヤシが、赤いキムチの色にほんのりと染まっている。鼻腔をくすぐるキムチ独特の芳香に、思わずゴクリと喉が鳴った。

「……失恋しても、お腹って減るのね……」

自嘲混じりの吐露に、柳吾がフフッ、と噴き出す。

「良いことじゃないか。たんとおあがり」

「そうだよ〜！　食べて食べて！　柳吾さんのご飯、本当に美味しいんだから！」

親友カップルの温かい笑顔に、文乃の顔にも自然と笑みが浮かんだ。

——三度目の正直に、桜子たちと鍋パーティを選んで良かった。

もしこれが藤平と二人きりの食事にしていたら、振られた今頃は、家で一人、碌に食事もとらずに泣きながら自棄《やけ》酒を飲んでいたことだろう。

二人がいてくれるから、こうやってお腹も空くし、笑ってもいられる。

——ありがたいなぁ……。

じわりと瞼が熱くなったが、それをごまかすようにして、箸を手に取った。

「いただきます！」

元気良く言って、湯気の立つ豚肉を摘まみ、口の中に放り込む。

「あっつ！」

冷まさずに口の中に入れたので、その熱さに慌てながら、ハフハフと咀嚼《そしゃく》する。

鼻に抜けるニンニクの匂い、舌を刺激する唐辛子の辛さ、そして豚肉の脂《あぶら》の甘さに、舌が蕩《とろ》けた。

「ん〜〜っまぁぁあ！」

語尾にハートマークがついてしまいそうだ。

目を閉じて歓喜の呻《うめ》き声を上げる文乃に、他の二人が声を上げて笑う。

「やっぱり鍋はキムチだよねぇ。ビールが進んじゃって困っちゃうなぁ！」

「桜子、あまり飲み過ぎるんじゃないぞ」

「え〜！　家飲みだからいいじゃないですかぁ」

「そう言って調子に乗って飲み過ぎて、翌日二日酔いで動けなくなったのは誰だ」

夫婦のような、親子のような二人の会話を聞きながら、文乃は性懲りもなくまた羨ましいと思ってしまう。

〝理想の人〟を追いかけるあまり、これまで一度も男女交際をしたことのない人生だ。

この二人のような、甘いようなくすぐったいような、そんな関係を築いてみたいとずっと思ってきた。

——藤平さんと、一緒に鍋したかったなぁ……。

またもやじわりと涙が滲みそうになり、慌てて瞬きを繰り返す。せっかく二人がしんみりとした雰囲気を立て直そうとしてくれているのに、またぐずぐずとするのは申し訳ない。

文乃は自分の取り皿の中身を貪《むさぼ》るようにして食べ切ると、柳吾に向かって皿を差し出した。

「お代わりください！」

「おっ、良い食べっぷりだな！　さすがは桜子のご友人だ！」

「ちょっと柳吾さん、それどういう意味ですか！」

ワイワイと喋りながら美味しいものを食べて飲んでいると、陰鬱な気持ちも解れていくから、人間とは単純だ。

「でもさー、なぁんかよく分かんないんだよねぇ」

宴も酣《たけなわ》となってきたところで、良い具合にできあがった様子の桜子が、少々怪しくなった呂律《ろれつ》で言った。

「藤平、文乃ちゃんのことかなり気になってるふうだったからぁ、私、絶対にいけると思ったんだよぉ！　会社でも『文乃さん、どうしてた？』とか訊いてくるくせに、いざ誘いがかかると断るとかさぁ……」

「ちょっと、もうやめてよ、桜子。せっかく諦めようと思ってるのにぃ……」

またもや未練を引き延ばすような発言に、文乃は「えーん」とわざとらしい泣き真似をしながら突っ伏す。

テーブルの上は片付けられていて、背後では柳吾がシンクの前に立って皿洗いをしてくれている。彼が後片付けをし始めた時に手伝いを申し出たが、「今回はいいよ。次回は君たちにお任せするから」と優しく断られた。実にできた御仁《ごじん》である。酔いが回っていたせいもあり、お言葉に甘えることにしたのだ。

「私のこと訊いてきたのだって、社交辞令だよぉ。まるっきり相手にされてないもん」

「社交辞令ねぇ……。あのね、藤平って、むちゃくちゃモテるんだよね」

「……そりゃあ、あれだけ完璧だったらそうでしょうよ……」

イケメンで、センスも良く、優しくて、税理士という堅実な職に就いている。あれだけのハイスペック男子が、モテないはずがない。

何を今更、と鼻を鳴らす文乃に、桜子はイヤイヤと手を振った。

「それを踏まえたとしても、異様に、だよぉ。何か変なフェロモンでも出してるのかと思っちゃうくらい、女性が寄ってくるの。まあ、藤平、天然ジゴロっぽいところがあるから。無意識に誰にでも優しいせいもあるんだろうけど」

――無意識に、誰にでも優しい、かぁ……。

それなら出会った時にすごく優しかったのも、社交辞令だったんだろうなぁ、と寂しさと虚しさを噛み締めながら、文乃は目を閉じる。

だが桜子の次の言葉で目をパチリと開くことになった。

「でもさ、誰にでもって見せかけて、アイツ、線引きはしっかりしてるの」

「……線引き?」

意外な言葉に、文乃は突っ伏していた顔を上げる。

桜子は頬杖を突きながらこちらを見ていた。

「そう。付き合い長くなると分かるんだけど、アイツの社交辞令の時の笑顔って、すっごく気味が悪いの。顧客に対する時と同じ、いかにも好青年です〜っていう胡散臭い笑い方。でも文乃ちゃんに向けてた笑顔は、そんな嘘っぽいのじゃなくて、本当に笑ってる顔だったんだよねぇ……」

「本当に笑ってる顔……」

呟きながら、文乃は初めて会った時の藤平の顔を思い出した。

それは笑顔ではなくて、自分の方を見て、驚いたように目を見開いた時の顔だった。

——ばかみたい。あれは、白昼夢なのに……。

〝理想の人〟に恋焦がれ過ぎて、うっかり見てしまった妄想の産物だ。

「それに、初めて会ったあの時、二人して見つめ合ってたじゃん！　私、あんな甘い顔してる藤平、初めて見たもん」

「えっ!?」

見つめ合っていた、の言葉に仰天して、ガタンと椅子から立ち上がった。

「み、見つめ合ってたって……あれ、私の妄想だったんじゃ!?」

文乃の勢いに気圧され、身を仰け反らせていた桜子が目を丸くする。

「ハァ!?　あんなに熱く見つめ合っておいて、妄想？」

「あ、熱く見つめ合ってた⁉　本当に⁉」

「本当だよ！　世界には二人だけしかいません〜って具合に、たっぷり数分間見つめ合ってたじゃん！　私、『恋が生まれた瞬間に立ち会っちゃった！』って内心でヒャッホウしてたんだよ！」

桜子の証言に、文乃は溜息を吐きながら、椅子にストンと腰を下ろした。

あれが妄想でなかったのなら……。そう思うと、消そうとしていた恋の炎がまた燃え上がってきてしまう。

「私……あの時に、藤平さんに、なんか……言うのも恥ずかしいけど、運命みたいなものを感じて……彼も、同じ気持ちでいてくれるような気がして……。でもそんな都合よくいくわけないって思ったから、自分の妄想だと思い込んでたの……」

「え……なにそれ、なんか可哀想……」

桜子が憐れみの目を向けてくる。

「まあでも、あの時の二人が、傍目から見ても『オイオイ、公然だぜ〜？　公然猥褻《わいせつ》でおまわりさん来ちゃうぜ〜？』ってからかいたくなるような雰囲気だったのは確かだよ」

それはそれで恥ずかしいが、この際おいておこう。

桜子の見解だと、藤平も文乃を憎からず思っているということになる。

——本当に？　それだったら、嬉しい！

胸が一気に膨《ふく》らむ。さっきまでどん底だったのに、今は上空三千メートルくらいまで昇ってしまった。

恋は魔物というのは本当らしい。これほどまでに振り幅の激しい感情の変化を、文乃は経験したことがなかった。

——恐ろしいな、恋のパワー。

頭のどこかで冷静に分析する自分がいつつも、心に湧き立つ希望を止める術を、文乃は持たなかった。

「でも、じゃあ、なんで何度誘っても断られるんだろう……？」

「うーん……。そこなんだよねぇ。うーんうーん…………」

二人で腕組みをして首を捻っていると、唐突に桜子がポンと手を叩いた。

「そうだ！　こんな時こそ、あの赤い勝負パンツの出番だ！」

言われて頭に浮かんだのは、藤平と出会ったあのランジェリーショップで購入していた真っ赤な下着だ。

「そうか！　そうね！」

普段の文乃なら、桜子の突拍子もない発言の根拠の無さを指摘しただろうが、だいぶ酒精に酩酊《めいてい》し、その上恋の魔力に侵されている状況では否定の言葉など出て来ようもない。

「あのパンツのおかげで藤平さんに出会えたようなものだもの！　ご利益は太鼓判！」

「そうだそうだ！　今度はちゃんとあのパンツを穿いて、藤平に迫ってやればいいんだよ！　文乃ちゃんの勝負パンツ姿に、陥落《かんらく》しないはずがない！」

きゃあああ！　と手を取って同意し合う二人に、洗い物を終えた柳吾が、タオルを片手に渋い顔を見せる。

「もう少し声を落としなさい、この酔っ払いどもめ。若い娘がなんて発言をしてるんだ、はしたない」

「え～！　柳吾さんだってあの赤い紐パンツ好きって言ってたじゃないですか～！」

口を尖らせた桜子に暴露され、柳吾の端整な顔にサッと朱が差した。

「さ、桜子！」

泡を食ったように桜子の口を手で塞《ふさ》ぐ柳吾に、文乃がニヤニヤしながら訊ねる。

「柳吾さん、パンツは赤がお好みですか？　意外ですねぇ」

文乃のからかいに、柳吾がムスッと口をへの字にした。

「君たちはもう少し大和撫子《やまとなでしこ》としての恥じらいを持ちたまえ！」

「そう言わず、日本男児の貴重なご意見を拝聴したく……」

「柳吾さんは日本男児じゃないよ～！　ねいてぃぶあめりかんだよ～！」

「僕は先住民族ではない……」

疲れたように柳吾が言って、酔っ払い二人がケタケタと笑う。

涙が零れるほど笑いながら、文乃は胸の裡で拳を握った。

――もう少しだけ、頑張ってみよう！

〝理想の人〟信仰で拗らせた二十六歳処女の初恋は、そう簡単には終わらないのだ。

＊・＊・＊

――職場の同僚がとても察しが良い。

察しの良い同僚というものは、大抵の場合、とても肯定的な意味合いで捉えられるだろう。当然だ。察しが良いというのは、即ち空気が読めるということであり、多くの人が共に働くような仕事の場においては、重要かつ必要なスキルであろう。

だが今、藤平の置かれた状況下では、否定的な意味合いで使わざるを得ない。

「――ふふふ、この私から逃げられると思ったら大間違いだぞ、藤平！」

ここは都内のとある会計事務所の休憩室。

お昼休憩を、と、自作の弁当を手に休憩室のドアを開いた藤平は、背後から彼の背を押すようにして共に入り込んできた同僚、大正桜子の顔を見て、心の中で舌打ちをした。

この同僚と一緒になるのを避けて、わざわざ休憩時間をずらして取ったというのに、相手もそれを見透して動いていたというわけか。

「なんなの、大正桜子、僕の行動、監視してたの？」

額に手を遣りながら、藤平は休憩室のパイプ椅子を引いて腰を下ろす。すかさずその隣に陣取る桜子を横目で見ながら、半ば諦めて溜息を吐いた。

――今日は逃げさせてもらえそうにない。

ここで誤解してほしくないのは、藤平は別にこの同僚を嫌っているわけではないということだ。むしろ唯一の同期であり戦友とも呼べる彼女のことを、同僚としても友人としても大変好ましく思っている。

それなのに、今現在彼女を避けているのは何故か。

――それには深い訳があるのだ。

「うわぁ、藤平のお弁当、今日も美味しそう！　これなんていうおかず？」

藤平の広げた弁当を横から覗き込み、桜子が感嘆の声を上げる。やれやれと肩を竦めつつも、藤平はこの同僚のこういう天真爛漫さが憎めない。

「これが仔牛のサルティン・ボッカ。こっちは魚介のマリナーラで、トマトとキュウリのは、自家製ピクルスよ」

「さるてぃん……？　変な名前だけど、生ハム巻いてあって美味しそう～！　あ、お米じゃなくてマカロニなの？」

「マカロニじゃなくてペンネ！　あんた、パスタの種類、アメリ先生の教室でこの間習ったはずでしょう!?　なんでもう忘れてるのよ！」

実は藤平と桜子は、同じ料理教室に通う生徒仲間でもある。

元々藤平は、趣味が料理というお料理男子で、美味しいものを作って誰かに食べてもらい、その笑顔を見ることに喜びを見出すタイプなのだ。これまでにも何度も、会社の同僚を招いて自宅で料理を振る舞っているくらいだ。料理の腕の研鑽《けんさん》のために、休みの日には料理教室にも通っている。

そんなアマチュアシェフ藤平に、恋人のために何かしたいと桜子が相談してきたので、手製の料理を振る舞ってはどうかと提案したのだ。その流れで自分の通う料理教室に誘ったのがきっかけである。

フランス人であるアメリ先生は丁寧に指導してくださるので、初心者である桜子の腕も徐々に上達してきてはいるのだが、彼女は外国語の料理の名称を覚えるのが苦手らしい。

「だってカタカナって覚えにくいんだもん……」

「そんなんでよく翻訳本の〝ホリツイ〟なんか読めるわよね……。カタカナだらけじゃないの」

〝ホリツイ〟とは〝ホーリーツインズ〟の略語で、アメリカの作家アレックス・R・M・ローランサンの書いた、児童向けファンタジー小説のことだ。十数年前に大ブレイクし、世界中で翻訳され、更にはハリウッドで実写映画化もされた世界的ヒット作品である。

桜子はその〝ホリツイ〟の大ファンなのだ。

「〝ホリツイ〟は面白過ぎて、カタカナなのに、名前もスルスル〜って頭に入ってきちゃうんだよ！　そもそもねぇ――」

「はいはい。〝ホリツイ〟は別腹ね。知ってた知ってた」

例のごとく〝ホリツイ〟語りを始めようとする桜子を、手で払う仕草でいなしながら、藤平はフォークでトマトのピクルスを刺し口に入れる。そして、眉根を寄せた。

「……ちょっとレモンが効き過ぎたかしら」

弁当に入れるおかずは、酢を使うと発酵臭がきつく感じられてしまいがちなので、このピクルスは酢ではなくレモンで作るレシピのものにしたのだ。

だが、酸味が強く効き過ぎて、野菜の旨味が消えてしまっている。

渋い顔をしている藤平に、桜子が目を丸くした。

「珍しいね、藤平がお料理失敗するなんて。いつもお手本みたいに完璧なのに」

「……そんなことないわよ」

肩を竦めて笑いながらも、藤平は心の中で少し驚いていた。

自慢じゃないが、自分の料理の腕はなかなかのものだ。ほぼ毎日作っているし、大抵の料理のレシピも手順も頭の中に入っている。特にこのピクルスは好きでよく作るため、失敗するなんて思いもしていなかった。

「弘法《こうぼう》も筆の誤り、ってことかな？　でも、なぁんか最近、藤平、気もそぞろだよね」

「……そうかしら」

「そうだよ。この間も、頼んでたのと違うデータ送ってくるし」

サラリと指摘され、藤平はウッと言葉に詰まる。桜子に顧客の昨年度の資料が欲しいと言われたのに、うっかり今年度のものを送ってしまったのだ。

反論できないので、ピクルスをもう一つ口の中に放り込んでごまかしていると、桜子がずい、と顔を近づけてきた。

「藤平のうっかりミスの原因、当ててあげようか？」

「――要らない」

断ったというのに、桜子はフンと鼻息で一蹴する。

「やかましい。往生際《おうじょうぎわ》が悪いよ、藤平」

藤平は舌打ちをした。

往生際が悪くて何が悪い。こちらの都合も知らないで。

「あんたのその集中力がなくなったのは一月《ひとつき》ほど前から。つまり、文乃ちゃんと私に、あのランジェリーショップで会った日とちょうど同じ頃」

桜子の大きな目が、射るような鋭さでこちらをねめつけてくる。

藤平はなるべく平静を装ってその目を静かに見返した。

「あの時のあんた、すごかったよね。文乃ちゃんに目が釘付けで！　まるで文乃ちゃんを頭からバリバリ食べちゃいたいって顔だった。そんな藤平見たの初めてだったから、私ビックリしちゃったもん！　あんたも男だったんだなぁって」

――そんな顔をしていたのか、僕は。

過去の自分の醜態《しゅうたい》に臍《ほぞ》を噛む。周囲にダダ洩れなほど態度に出ていたのかと思うと、制御できない自分の感情に慄《おのの》いてしまう。

「それに、文乃ちゃんもね。二人して見つめ合っちゃって、完全に二人の世界だったもん。運命の出会いって、ああいうこと言うんだよね」

「――やめてよ」

熱の籠《こも》った桜子の話に耐え切れず、藤平は目を閉じて遮った。

その露骨な拒絶に、桜子が苛立ったような声を上げる。

「なんで？　だって藤平だって、少なくともあの時は文乃ちゃんに好意を持ってたはずだよ？　明らかに、二人とも、一目惚れって雰囲気だったのに！」

――そうだよ！　その通りだ！

ドスドスと事実を突きつけてくる桜子に、そう怒鳴ってやりたくなった。

言われなくても分かっている。

あの時、自分は一目であの人――池松縄文乃に、恋をしたのだ。

彼女を見た瞬間、時が止まったかと思った。彼女の周囲だけが色づいて、他がモノクロになったように見えて、頭がどうかしたのかと狼狽《ろうばい》したほどだ。

一目惚れなど、本当に存在するとは思っていなかった。

彼女は何から何まで、自分の好みのど真ん中だ。

艶やかな黒髪、小鹿のようにしなやかな手足、小さな顔は整った目鼻立ちをしていて、中でも少し勝気そうな黒目がちの瞳には、心臓を射貫かれたかと思った。

彼女の全てが、自分の琴線に触れた。

自分のために生まれてきてくれた人なのだと、そんな世迷い言を真剣に吐きたくなるほど。

――見つけた。僕の、〝運命の女神〟だ。

そう感じた瞬間、脳裏に浮かんだのは、友人からのあの忠告だ。

――『お前は女を狂わせる。自覚した方がいい！』

高揚感が、一気に冷めていくのが分かった。

――彼女を、あんなふうに狂わせてしまうのか、僕が。

嫉妬や独占欲を抑えられず、これ以上自分を嫌いになりたくないと泣いて離れていった過去の彼女たちの顔が走馬灯のように蘇る。

そして、ナイフで自分を刺した時の先輩の恍惚《こうこつ》とした顔――。

あの、自分を見つめているようで、どこも見ていない目を思い出して、ゾッと背筋が凍った。

目の前のこの美しい人を、あんなふうにしてしまうかもしれない。

その恐怖を実感して、藤平は初めて怖いと思ったのだ。

――彼女を、狂わせたくない。

ならば、自分と関わってはいけないのだ。

だから藤平は、文乃とは距離を置くことに決めた。

「そんなの、大正桜子の思い違いよ」

詰め寄る桜子を、藤平は肩を竦めて受け流す。

態度を変えようとしない藤平に、桜子が下唇を突き出す不細工な顔をしてみせた。

「……んっとに、この強情オカマ……！」

「オカマじゃないって言ってんでしょ！」

このオネエ口調も、女性をフルネームで呼ぶのも、警告色のつもりだ。異質さを前面に出すことで、寄ってくる女性へ警告しているのだ。

自分は〝毒〟ですよ、と。

そんなことをつらつらと考えていると、桜子がいきなり爆弾を投下した。

「オッケ、分かった。私の勘違いだったたって言うんなら仕方ない。文乃ちゃんには合コンを斡旋《あっせん》しておくよ」

「――は？」

低い声が出てしまったのは、愛しいつがいを他の雄に盗られないようにと、威嚇してしまう雄の本能だろうか。

藤平の狼狽を見て取った桜子が、ニヤリと口の端を上げる。

「文乃ちゃんはね、昔っから、〝理想の人〟を探し求めて、合コン参加を繰り返してるの。でも、だからって男の人に慣れてるってわけじゃなくて、何度合コンしても〝理想の人〟に出会えなくて、未だに誰とも付き合ったことがないっていう、筋金入りの拗らせ乙女」

その説明に、ザッと血の気が引いた。

つまり、彼女はあの見た目で、男女交際未経験ということになる。

あれほど世慣れたふうなのに、実は初心《うぶ》という美女が、餓えた男どもの中に放り込まれたら――どう考えても良い結果は想像できない。

「ちょっ……そんな無防備な子、合コンなんかに行かせちゃ危ないでしょ！」

思わず叫ぶように言えば、桜子は肩を上げた。

「大丈夫だよ、文乃ちゃん、その辺はしっかりしてるし。〝理想の人〟以外は眼中にないから、これまでだって何度も合コンしてきたけど、一回も男の人に捕まったことないもん」

「だからって――」

彼女の方に気がなくとも、男の方が気に入ってしまう可能性は大いにある。危ない男だったら、力ずくで、ということもないとは言えない。

そう指摘しようと口を開いた藤平を遮るように、桜子が続けた。

「まあ、でも確かに、今度ばかりはしっかりできなくなっちゃうかもねぇ。だって何度誘ってもあんたに断られて、すっごい凹《へこ》んでたから、ついフラフラ～って妙な男について行っちゃうかも！」

「な――」

言外――いやむしろハッキリと、お前のせいだと言われて、藤平は口ごもってしまう。

その上、彼女が自分に誘いを断られて凹んでいたのかと思うと、胸がぎゅうっと締めつけられた。自分でやっておきながら、そんな彼女を可哀想に思い、自分のことで胸を痛めてくれて、愛おしいと思ってしまう。

――我ながら、ずいぶんと情けなく、浅ましい。

彼女のことを想って突き放すなら、徹底的にそうするべきだと分かっているのに、未練を残してしまっている。

「あ、でも、藤平は気にしなくていいんだよ！　なんせ、文乃ちゃんのことはなんとも思ってないんだからさ！」

ニヤニヤと笑う桜子に、藤平はギリギリと歯軋《はぎし》りをした。

その感情のままに、桜子のほっぺたを摘まんで引っ張ってやる。

「この根性ブス子！」

「ひたいひたい！　暴力反対！」

「もうあんたには二度とお弁当のおかずあげないからね！」

「えっ……い、いいもん！　藤平のより、柳吾さんのお弁当の方が美味しいもん！」

「きいいいいい！　かわいくないいっ！　この性悪ブス子！」

「ブ……！　さっきから酷い！　この似非《えせ》オカマ！」

二人はそのまま子どもの喧嘩《けんか》のような言い争いに発展し、あまりの喧《やかま》しさに上司に怒られたのだった。

＊・＊・＊

光陰《こういん》矢の如《ごと》し。

桜子の家（というか、桜子の彼氏の家）で鍋パーティを楽しんだ日から、あっという間に一週間が経過した。

「大人になればなるほど、時間の経過って早く感じられるわよね……」

金曜日の夜である今、文乃は会社の飲み会に来ていた。

ウンザリとした顔で遠くを見ていると、隣に座っていた後輩が、文乃のグラスにビールを注ぎ足してくれる。

「なに年寄りみたいなこと言ってるんですか！　池松縄先輩、まだ二十代じゃないですか！」

「相川《あいかわ》君……キャバクラでは二十六歳はもう年寄りなんだってよ」

「えっ、ここキャバクラでしたっけ……？」

文乃の発言に合わせるように、後輩の相川がキョロキョロと顔を巡らせているが、ここは歌舞伎町のキャバクラではなく、赤坂の小洒落《こじゃれ》た肉バルだ。だが、文乃の視線の先を追った後輩は、「ああ……」と乾いた笑みを顔に貼り付けて頷いた。

「あれですか……」

「あれですね……」

貸し切りにした店の一番奥のソファ席に、社長が両脇に女の子を抱えてご機嫌で笑っているのが見える。きゃっきゃうふふと、ボディタッチ多めで戯《たわむ》れる様子は、完全にキャバクラ状態だ。

今日は、一年がかりで準備を進めてきたゲーム事業のサービスが無事にローンチされたことの慰労会だ。この事業には社内の人間だけでなく、フリーランスのデザイナーやシナリオライター、イラストレーターや声優など、多くの専門職が関わってくれているため、この飲み会にも社外の人間がたくさん参加している。

だがしかし、である。

「……社長の両脇、どう考えても仕事とは無関係の女の子ですよね……」

「……お妾《めかけ》さん候補なんだろうねぇ……」

「いや、いわゆる〝港区女子〟というやつでしょ」

その違いがいまいちよく分からないが、とりあえず社長のスペックに惹かれて寄ってきた蝶たちであることは間違いない。

——まあ、ウチの社長も有名だからなぁ。

ネットで名前を検索すれば顔写真付きでわんさかと情報が出て来る人だ。元女優と結婚したことで一躍有名人となったので、既婚者であることも知られているはずだが、そういった女性たちにしてみれば、あまり関係ないのかもしれない。

——なんにしても、ウチの会社の品性が問われるような真似、してほしくないんだけどなぁ。

社外の人間を招いている場で、と苦い気持ちになってしまう。

「でも、社長の左脇にいる子、あんまり派手さがないっていうか……地味ですよね」

ボソリとそんなことを呟く後輩に、文乃は白い目を向けた。

「女性の見た目を評価するような発言はやめた方がいいわよ」

すると後輩はアワアワしながら片手を顔の前でブンブンと振る。

「いや、違います！　貶《けな》してるわけじゃないですよぉ！　ああいう女性って、こう、自分の商品価値を分かってます～って感じの、読モとかやってる系じゃないですか。でもあの子、すごい大人しそうっていうか……、なんか公務員とかやってそうな、控えめでかわいい感じだから……」

その焦りように免じて、文乃はこれ以上叱るのはやめた。代わりに軽口で応酬し、その場を和ませる。

「君の好みってこと？」

「まあ、ぶっちゃけ……」

頭を掻く仕草をする後輩を軽く肘で小突きながら、文乃は件の女性に視線を向けた。

派手過ぎないメイクに、優しそうな目元。下唇にポツンとほくろが見えて、珍しいなと思う。決して太ってはいないが、モデルのようには細くない、柔らかそうな体形。

確かに、社長の好みからは外れているが、整った顔立ちのきれいな人だ。

見つめていると、視線を感じたのか、不意に彼女がこちらに眼差しを向けた。

「あ……」

しまった、と目を伏せようとした時、彼女がほんの少し口の端を上げた。

誰かと意図せず目と目が合ってしまった時、気まずさを感じるのはよくあることだ。それを和らげようと微笑みかけてくれたのかと思い、自分も笑い返そうと口を動かしかけたが、彼女がすぐに社長の耳元に何か囁きかけるように顔を寄せたので、笑みが中途半端になった。

彼女の声に耳を傾けた社長がこちらを見てきたから、思わず小さく舌打ちをする。

どう考えても、彼女が社長に自分の話題を振ったとしか思えない。

――面倒なことを。

余計なハラスメントを被《こうむ》らないよう、できる限り社長から離れていたいのに。男女の戯れの一幕に巻き込まれただけなのかもしれないが、それでも勘弁してくれというのが正直な感想だ。

苦い顔の文乃を面白がるように、社長が意地の悪い笑みを浮かべた。

「おーい、池松縄くん！　せっかくの祝いの席だよ。そんな怖い顔してないで、君もこっち来て飲んだらどう？」

言いながら、自分の膝の上をポンポンと叩いて示す。そこに座れということか。

――アホか。

ビキビキビキ、とこめかみに青筋が立つのを感じつつ、文乃は顔に社交辞令用の微笑みを貼り付ける。

どこの阿呆《あほう》社員が社長の膝の上に座るというのか。

自社の社員ならば、社長の悪癖も性格も熟知しているので、この手の悪趣味な冗談も受け流せるが、社外の人間となればそうはいかない。

――普段私がそんなことをしているなんて思われたら、どうしてくれるのよ……！

怒りで頭が煮え滾《たぎ》りそうだが、グッと腹に力を込めてやり過ごす。

「ありがとうございます、社長。ですが、私はこちらで十分にいただいておりますので……」

やんわりと断りの文句を述べると、途端に社長が嫌そうに顔を顰《しか》めた。

「こんな冗談を真に受けるなんて……もう少しかわいい躱《かわ》し方があるだろう？　本当に、いくら美人って言っても、かわいげがなかったら売れ残るよ？　大して仕事ができるわけでもないいんだから、愛想くらい良くしとかないと」

薄ら笑いで放たれた暴言に、一瞬目の前が真っ赤になる。

自身のセクハラを棚に上げて、かわいい躱し方？

――頭がおかしいんだろうか、コイツ……！

絶句して立ち尽くす文乃を、社長の取り巻きの女性たちがクスクスと笑った。

社長は〝もういい〟とでも言うように手を振って文乃を追い払う。

あまりのことに周囲の人たちが息を呑むようにして見守る中、文乃は歯を食いしばって怒りを呑み下した。ここは公の場だ。社外の人間も多くいる。そんな場所で醜態を晒《さら》すわけにはいかない。そう自分に言い聞かせるようにして踵《きびす》を返したが、内心ではあのセクハラ・パワハラ社長をギッタギタに叩きのめしていた。

——もう、絶対、辞めてやる、こんな会社！

好きな仕事だし、やりがいもあった。

だが、自分の尊厳を傷つけられてまでしがみつく理由などない。

——でも、その前に！

文乃は怒りを内に押し込めて、何食わぬ顔で微笑みながら、バッグの中をそっと探る。

そこにあるのは、桜子にプレゼントされた、ペン型のボイスレコーダーだ。

——これで、あの社長のセクハラとパワハラの証拠をがっつり摑んでやる！

辞めることが負け犬になることにならないように。

一度しっかりお灸《きゅう》を据えられないと、ああいう類の人間は分からないのだ。今後犠牲者を出さないためにも、しっかりと法的に訴えさせていただこう。

そう心に誓うと、文乃はボイスレコーダーをぎゅっと握り締めたのだった。

# 第三章　乾坤一擲《けんこんいってき》

サテ、お立ち会い。

手前ここに取りいだしたるは、曼珠沙華《まんじゅしゃげ》のごとく色鮮やかな緋色のおパンツ。

何故にこのような派手な色合いをしているのかと申せば、それ即ち合戦時の武者震いの証なり。

自宅のバスルームの前。シャワーを浴びた文乃は、心の中で落語のような口上を述べながら、用意した布切れに向かって手を合わせた。

無論、拝んでいるのは以前桜子と買いに行った、あのド派手なTバックだ。

神頼みならぬ、勝負パンツ頼みである。

「よし……！」

キッと顔を上げると、文乃は勝負パンツを摘まみ上げる。

どう考えても紐だ。これで何をどう覆い隠せと言うのか。

——穿いてないのと同じなんじゃ……？

という素直な感想と不安は、この際どこかへぶん投げる。今必要なのは、常識的感覚ではなく、勝負時の高揚感——即ち勢いである。

えいやっとばかりに脚を通し、股間にその布切れをセットする。

なんとも心もとない穿き心地に、文乃は恐る恐る鏡を覗き込んで自分の姿を確認した。

「……！　お、お尻が丸出し……！」

当たり前だがTバックに臀部を覆い隠す機能は備わっていない。

白い双丘が曝《さら》け出された己《おの》が姿に、なんとも居た堪れない気分になってしまう。

「い、いやいやいやいや！　こんなことで怯《ひる》んでたら、藤平さんに告白なんかできないんだからっ！」

ブルブルと頭を振って、羞恥心を追い払った。

そう。頑張ってセクハラに耐えながら働き、ようやく迎えた週末の今日は決戦の時だ。

勝負なのである。

桜子に食事の約束をもぎ取って来てもらい、ようやく再び藤平に会うことができる。

これを逃せば、彼と会うことはもうないような気がしていた。

どうも藤平には避けられているように思えてならないからだ。

本来ならばそれで意気消沈して諦めるべきなのだろうが、ずっと探し続けていた〝理想の人〟をようやく見つけた文乃にとっては、そう簡単に諦められる恋ではない。

——だって、告白すらしていないのに！

告白して断られたのなら、もう潔く諦めよう。

そう心を決めて挑む、これが最後の機会なのだ。勝負なのである。

この勝負パンツを、今以外にいつ使うと言うのか！

そう思い直し、フン！　と鼻息を吐くと、文乃は真っ赤な勝負パンツとお揃いのド派手なブラジャーも手にした。

フランス製、総レースのこのブラは、透け感がなんともセクシーである。

鏡を見れば、少し頬を上気させた女性がこちらを見ていた。肩に流された黒い髪、象牙《ぞうげ》色の肌、そしてその上にのる、目に焼き付くほど鮮烈な緋色の下着——。

普段、黒やベージュといった無難な色合いの下着が多い文乃にとって、今の自分の姿はどうにも見慣れない。

——なんだか、別の人になったみたい……。

鏡の中の女性は、嫋《たお》やかで、艶《なま》めかしく見えた。自分にはあまり縁がないと思っていた形容詞だ。

まるで緋色の勝負パンツに〝変身〟させてもらったような気分だった。

「勝負パンツのご利益、本当にあるのかも！」

ここの勝負パンツで現在の恋人を得たと豪語する親友の顔を思い浮かべ、文乃はクスッと笑いを零す。

それから大きく深呼吸をして、目を閉じた。

思い浮かべたのは、もちろん藤平の顔だ。

見つめ合ったあの瞬間の、彼の眼差し——眼鏡の奥の優しげな瞳に、甘い情熱が揺らめいていた。それが見間違いでなかったのか、今日こそ確かめるのだ。

——たぶん、妄想……というか、私の願望だったのだろうけど。

でなければ避けられたりしないはず。理性的な部分でそう理解していても、決定的な拒絶がない限り、自分の心が諦められない。

哀しいけれど、恋は実るだけではなく、破れるものでもある。

——今日は、ちゃんと振られるために行くんだわ。

「藤平成海……」

彼のフルネームを口にすると、それだけで心が浮き立つ。不条理な現象だ。お医者様でも草津の湯でも、とはよく言ったもので、文乃は恋とは病《やまい》そのものだと実感している。人の脳をここまでばかにしてしまうのだから。

「首を洗って、待ってなさい！」

恋をしている女性にしては剣呑な台詞だったが、今の気分にはぴったりだ。

文乃は鏡の中の自分に向かって鼻息荒くガッツポーズをして見せる。

「いざ尋常に、勝負！」

女の根性の見せどころなのである。

＊・＊・＊

藤平成海は頭を抱えていた。

ここは自宅である1LDKのマンション。

目の前には、彼のお気に入りのソファで横になる、泥酔状態の美女が一人——。

それが自分の想い人であるから、更に状況が悪い。完全にお持ち帰りの据《す》え膳《ぜん》状態である。

「どうしろって言うのよ……！」

——食っていいのか!?　いやダメだろう!!

先ほどから自分の脳内で天使と悪魔が喧々囂々《けんけんごうごう》の言い争いをしている。古今東西、葛藤とはしんどいものである。

「……これも全部、大正桜子のせいよ……！」

藤平は唸るように呟いて、ぐしゃりと髪を掻き回した。

本日、花の金曜日の夜である。

本来ならば簡単に牡蠣《かき》のアヒージョなどを作り、そこそこ良いワインを開けて、ソファに一人ゴロリとしながら観たかった映画のＤＶＤを観ている予定だった。

ちなみに、藤平は別に一人で過ごすのが好きなわけでも、孤独を愛する男なわけでもない。どちらかというと大勢で楽しく過ごすのが好きで、よく同僚を自宅に呼んで得意の手料理を振る舞ったりしているくらいだ。

そんな彼が、何故一人の夜を選んでいたかと言えば、再三誘いを断り続けている文乃のことが気にかかっていたからだ。

――彼女の誘いを断っているのに、他の人間と過ごすなんて、申し訳ない。

他人《ひと》が聞けば首を傾げそうな話ではあるが、なんだか彼女を裏切っているような気がして、他の人の誘いを受ける気にも、誰かを誘う気にもなれなかったのだ。

――いい加減、ばかみたいだな、僕。

そんなに気になるなら、会えばいいのだ。

だが、会うのが怖かった。

一度会ってしまえば、きっともう止められない予感がしていた。

湧き上がる恋情に否応なしに引きずられ、自制心などきっと塵芥《ちりあくた》のごとく吹っ飛ばし、彼女を自分のものにしてしまう。

そうすれば——彼女は、壊れてしまう。

狂気にことごとく攫われていった過去の恋人たちを思い出し、藤平はブルリと身を震わせる。

自分を真っ直ぐに見た、あの美しい黒い瞳。赤ちゃんのように無垢な思慕が、澄んだ水のように自分に注がれたあの感動を、藤平は忘れられない。

澱んだ嫉妬や執着心で、清廉な彼女を汚したくなかった。

だから自分の欲望を抑え込み、彼女の誘いを断腸の思いで断っていたというのに——。

その決意をアッサリとぶった切ってくれたのは、いつものお騒がせ同僚だった。

『さぁさぁさぁ藤平！　今日は私と柳吾さん、文乃ちゃんとあんたのダブルデート！さっさと仕事終わらせてご飯行くよ！』

終業十分前に自分のデスクにやってきた桜子は、いきなりそんな爆弾発言をかましてくれた。

『は!?　どういうこと!?　僕、聞いてないわよ!?』

『言えばあんたのことだから、なんやかやと理由つけて回避しちゃうもん。今日あんたに予定のないことは調査済み！　一緒に行かないって言うなら、文乃ちゃんに合コン斡旋するからね』

暴力的なまでに強引な誘いだったが、最後の脅し文句で、藤平は結局屈した。

壊したくない、という事情を知らない人が聞けば笑われてしまいそうな理由で彼女を避けているくせに、他の男が彼女に触れるかと思うと、腹が地獄の窯《かま》もかくやとばかりに煮えるのだから、本当に我ながらどうしようもない。

彼女のためを思うなら、他の男を宛てがうことくらいして然るべきだろうに。

そうしてしぶしぶ桜子と向かったレストランで、藤平は息を呑むことになった。

文乃は既に到着していて、同様に先に着いていた桜子の恋人である柳吾と談笑していた。

記憶と違わず、文乃は美しかった。白い肌、ぬばたまの髪、華奢な身体。細身の白いワンピースを着ていて、以前見た時よりもあどけない雰囲気だ。彼女の周囲だけ鮮明さを増したかのような錯覚に陥り、思わず目を瞬いたほどだ。

だが息を呑んだのは彼女の美しさだけではない。

彼女が自分ではない男と笑い合っているのを目撃した瞬間、腹の底が火のように熱くなった。柳吾とは以前に一度顔を合わせていたので、彼が桜子の恋人であることは分かっていた。にもかかわらず、どうしようもなく腹が立ってしまったのだ。

――何故そこに他の男がいるんだ！

鮮烈な怒りに、自分自身が戸惑うほどだった。

生来穏やかな性質で、これまで誰かにこんな怒りを感じたことがない藤平は、自分が刺されて死にかけた時ですら、相手に憐憫《れんびん》こそ覚えたものの、怒りはあまり感じなかった。

自分でも理解できない心の動きに狼狽しながらも、身体は勝手に文乃の方へと動き、柳吾との間に割り込むようにして挨拶《あいさつ》していた。

『こんばんは。お久しぶりですね、文乃さん』

藤平の表情はあくまで笑みを保っていたが、その迫力ある雰囲気から何かを感じたのか、柳吾と桜子はニヤニヤと生温い視線を向けてきていた。

『藤平が女の人をフルネームで呼ばないの、初めて見たよ……』

と背後で、夫婦（ではないが）でヒソヒソやっているのが、忌々しいことこの上ない。

文乃は藤平の姿を認めるや否や、パッと顔を綻ばせた。白い頬がうっすらと上気し、まるで蕾から花開いた牡丹《ぼたん》のようだ。

『藤平さん……！』

感極まったように呟かれた自分の名前に、胸がぎゅうっと締め付けられる。

華奢な身体がクルリと自分の方を向き、彼女の意識が自分だけに向けられる様《さま》を目の当たりにして、藤平は眩暈《めまい》がするかと思った。全身で〝嬉しい！〟を表現している彼女がかわいくて仕方ない。このまま抱き締めて自宅へ持ち帰ってしまいたいと本気で思う。

――やっぱり、危惧《きぐ》した通りになってしまった。

彼女にもう一度でも会ってしまえば、この衝動を止められるはずがない。

彼女に対するこの高揚感、この焦燥感を、なんと説明すればいいのか。

――衝動、が一番近いか。

理屈も、屁理屈も、葛藤すらも一蹴してしまう、圧倒的質量の感情。

ただ、彼女がかわいくて、愛しかった。

――どうして、彼女から離れていられると思っていたんだろう。

こんなにも求めているのに。

『……参ったわねえ……』

自嘲を込めた呟きに、文乃がハッとしたように柳眉を寄せた。

『あ、あの……すみません。無理にお呼びたてして……』

その台詞で、彼女が彼の言葉を曲解したのが分かったが、どう説明すればいいかと思案してしまう。

『あ、そうじゃないの……』

『でも、どうしても、聞いていただきたいことがあって……！　これが、最初で最後です。藤平さんがお嫌なら、もう二度とお会いしません。だから……』

藤平が否定しようとするのを聞かず、文乃が必死に言葉を紡ぐ。その中に彼女の覚悟が現れていて、ギクリと身が竦んだ。

——もう二度と会わないって……。

とんでもない。冗談じゃない。想像するだけで心が悲鳴を上げた。

藤平は慌ててその口を手で塞ぐ。

『待って。言わないで』

やってしまってから、自分が何をしているのか気づいてブワッと冷や汗が出た。

掌に文乃の唇の感触がして、ぞくりとした感覚が首の後ろを走る。それが欲情の兆《きざ》しだと、経験から知っていた。

——ヤバイ。何をしてるんだ、僕……。

咄嗟《とっさ》に下腹部に力を込めて、衝動をやり過ごす。

引かれたかもしれないと、恐る恐る文乃の顔に視線を向けて、更に汗が出た。

文乃がうっとりとこちらを見上げていたからだ。

——イヤイヤイヤ！　会って二回目の男に口を塞がれて、その表情はダメでしょう!!

無防備過ぎる彼女に無性に説教をしたくなったが、説教も何も、非常識な行動をしているのは自分である。どの口が、という話だ。ハッと気づけば、彼女の背後の二人が孫を見守る老夫婦のような顔になってこちらを見ている。腹が立つ。

そんなふうに始まった再会の席は、気を抜くとつい彼女と見つめ合ってしまうという醜

態を同僚に曝すという、見世物小屋のような有り様になった。

彼女に意識を持っていかれそうになる度、桜子たちの生温い視線を思い出して気を引き締め直すのを繰り返す。非常に神経を使う食事会である。せっかく有名なモダン・シノワズの店だというのに、料理を味わうどころの騒ぎではなかった。

彼女の方も同様だったようで、ごまかすようにカパカパと紹興酒《しょうこうしゅ》を空けており、気がつけばトロトロの酩酊状態になっていた。

とろりと緩んだ眼差し、細い首から胸元まで桃色に染まった、大変に美味しそうなできあがりっぷりに、藤平は思わず生唾《なまつば》を呑んだ。

そこまではまだ良かった。

酔っ払った彼女を連れて帰ってくれると思っていた桜子が、「あっ！　いっけなーい！　急用を思い出しちゃった！　ごめんね、藤平。文乃ちゃんをよろしく！　さ、柳吾さん、行くよ！」と恋人を伴ってサッサと帰ってしまったから大変だ。

待て、と言う間もなく退場されて、藤平は唖然と文乃を見下ろす。

文乃は状況を理解していないのか、半分まどろんだ様子で、にこにこと藤平を見返していた。その姿は、〃どうぞ私を食べてください〃と書かれた札を下げた甘いデザートのように藤平には見えた。どう考えても絶好のお持ち帰りチャンスである。

——だっ、ダメだダメだダメだ！　酩酊状態の女性に付け込むなんて卑劣な真似！

ついうっかり「据え膳食わぬは男の恥」という諺《ことわざ》を頭に思い浮かべた自分を叱咤し、藤平は内心の動揺を隠してニコリと笑い、文乃に退店を促した。

文乃もニコニコしながら素直に従ってくれたが、足取りは千鳥足《ちどりあし》、タクシーに乗せたところで寝落ちしてしまったのだ。

焦って頬をペチペチと叩いても一向に起きる気配がなく、仕方なく藤平は自宅マンションへ連れて行くことになった。


こうして図らずも意中の女性を自宅へお持ち帰りしてしまった藤平は、改めてソファに沈む文乃へと視線を向ける。

細長い手足を曲げて、丸くなって眠っている。

起きている時は理知的な美貌だが、こうして眠っている顔は無防備で、稚《いとけな》く、愛らしい。

幸せそうな寝顔に、こちらの顔まで綻んでしまう。

寝ているから大丈夫、とそっと手を伸ばしてその頬に触れた。

「ん……」

触れられる感触に、文乃が小さな吐息混じりの声を上げて身動ぎをする。ギクリとしたものの、触れた指を退ける気にはならなかった。

文乃はまだまどろみの中にいるようで、その後またすやすやと寝息を立てる。

——かわいい……。

寝ているだけで、こんなにも愛しさが胸にこみ上げる女性など、これまでいなかった。

わずかに開いた桃色の唇に、どきんと心臓が鳴る。

頬に触れていた指をゆるりと動かし、熟《う》れた果実のような唇へと滑らせた。

ふに、と柔らかな感触がして、彼女の唇の肉の形が歪む。自分の指が、彼女の形をひずませたその事実に、なんとも言えない感情が胸に込み上げて、藤平は狼狽えた。

まるで初めて女性に触れた高校生のようだ。

——童貞か、僕は。

心の中で情けなく自分を罵倒しつつ、それでも彼女が深く寝入っているのをいいことに、指は柔らかな唇に触れたままだ。彼女に触れたい衝動を抑えられなかった。

「……我ながらどうかしているわね」

苦笑していると、唇に何かが触れているのに気がついたのか、文乃がむずがるような声を上げる。今度こそ起こしただろうかと思ったが、彼女は長い睫毛《まつげ》を震わせただけで、目を覚ます様子はなかった。どうやら一度眠るとなかなか起きない性質のようだ。

藤平はクスリと笑って、指で唇の輪郭をなぞった。

「……かわいいわね……。そんなに無防備に男の前で眠るなんて、襲われても文句言えないわよ……？」

諭すようなことを言いながら、何故自分は眼鏡を外しているのか。内心で疑問を投げかけながらも、藤平は眼鏡をサイドテーブルに置くと、そっと彼女の方へ顔を傾けていく。

「眠り姫みたいね」

囁いて、瞼を閉じた彼女の寝顔を見たまま、その唇に触れるだけのキスをした。

——ああ、柔らかい。

彼女にキスをした歓喜に胸が痺れる。

柔らかさは想像以上だ。味はどうだろうか。舐《な》めてみてもいいだろうか。

普段ならば考えもしないような欲望がどんどん溢れてくる。自分は常識人であるという自負があったのに、その自信も怪しくなってきた。

彼女の唇の柔らかさを堪能しながら、舌を突き入れてしまいたい衝動と、眠る女性にそんなことをするべきではないという理性との葛藤に眉根を寄せた。

きっと桜子が傍にいたら、「そんなもん了承なくキスしちゃってる段階でもう遅くない？この似非紳士め！」と白い目を向けてきたに違いない。

文乃のことに関して、いろいろおかしくなっている自覚は辛うじてある。

そもそも、藤平は〝運命の女神〟を探し求めていたはずだ。自分が〝女の子デストロイヤー〟だと分かっていても、愛する人が欲しかった。自分が全身全霊で愛し抜けば、その人も嫉妬や猜疑《さいぎ》心で心を壊したりしないだろうと、根拠のない自信すらあった。

だが実際に、〝運命の女神〟――文乃に出会ってしまったら、そんな自信は吹き飛んでしまった。

真っ直ぐな恋慕を向けてくる文乃を見て、こんなにも純粋で美しい人を壊してしまうかもしれないと思うだけで、身が竦んだ。

歴代の元カノたちのように、文乃に『もう自分を嫌いになりたくない』と去ってしまわれたら？　想像するだけで、目の前が真っ暗になる。

それなのにこうして彼女を前にすれば、そんな恐怖を凌駕するほどの欲望と歓喜で頭の中が埋め尽くされてしまうのだ。

自分で自分をコントロールできない。こんな恋を、藤平は知らなかった。

――いけない。箍《たが》が外れる前に、離れなくては。

自分の自制心にまったく信用を置けない今、キスなんぞしている場合ではない。

そもそも眠る相手にキスをするべきではなかったし、それ以前にお持ち帰りなど言語道断だ。なんのためのオネエ口調だ。女避けどころか、自分で盛大に近づいて襲い掛かっているではないか。

とにかく彼女が目を覚ます前に、離れなければ。

頭の中で自分の理性にボロクソに詰られて、藤平はようやく唇を離そうとした――瞬間、するりとしなやかな腕が首に絡み、ぐい、と頭を引き戻された。

「――!?」

「もっと」

甘くかわいらしい囁き声がして、再び唇が重ねられる。

重ねるだけに留めていた唇が、意図を持った角度を付けて合わされて、柔らかく食まれた。その甘い感触に、藤平の背にゾクリとした快感が走る。

「っ……」

どうやら、文乃は途中から覚醒していたらしい。

藤平は今更ながら同意を得ないままキスをしたことを後悔したが、時すでに遅しだ。これで「あなたのことは好きではないです」などという嘘は通用しないだろう。

――いや、さすがにもう、無理だって分かってたけれど。

彼女を遠ざけたままでいられるはずなどない。自分で制御できないほど惹かれているのに、どうして手を伸ばさずにいられるものか。

彼女を壊すのが怖いと思ったけれど、それがなんだというのか。

――僕はきっと、壊れた彼女も愛さずにはいられない。

文乃が嫉妬や執着心でおかしくなったとして、自分に向けられるそれらの感情を嬉しく思いこそすれ、厭《いと》うことはないだろう。

嫉妬に悩ませるつもりは毛頭ないが、嫉妬してくれる彼女を想像すると、愛しいという気持ちしか湧いてこない。

少々頭のネジが外れているなと自分でも思うが、それ故に〝恋〟なのかもしれないと納得もしている。

ここまで開き直ってしまえば、彼女のキスを拒む理由などあるはずがない。

藤平はおもむろに舌を伸ばすと、彼女の柔らかな唇の肉を一舐めしてから歯列を割った。

すると華奢な肩がピクリと揺れる。

――ああ、そうか。まだ誰とも付き合ったことがないと言っていたな……。

自らキスをしかけてきたくせに、初心な反応を見せるのがまたかわいくて堪らない。

藤平は喉の奥で笑いながら、彼女の口内の甘い粘膜を味わった。

舌先でぐるりと上顎《うわあご》をなぞって、そっと小さな舌を舐める。面白いくらいに身を跳ねさせた文乃の髪を、宥めるように右手で梳いた。

「……っ、ふ、ぅ……！」

恐らくディープキスは初めてだったのだろう。もしかしたら、キスという行為自体初めてなのかもしれない。呻くような鼻声を上げながら、藤平の舌から逃げる彼女のそれが、怯えた雛《ひな》を彷彿《ほうふつ》とさせた。

可哀想に、と思うくせに、もっとちょっかいを出して泣かせてやりたいという衝動も生まれてきて、藤平はひっそりと苦笑を漏らす。自分にこんな意地悪な一面があったとは。文乃と出会ってから、自分さえ知らなかった自分の性質を発見してばかりだ。逃げまどう小さな舌を追い回し、絡みついてその甘さに酔いしれていると、気がつけば彼女の顔が真っ赤になっていた。

——あ、呼吸、うまくできてないのか。

そんな覚束《おぼつか》ない様子もかわいらしいと思いつつ慌てて解放すれば、文乃はゼイゼイと呼吸を繰り返す。その涙の滲む目尻を指の背で拭ってやり、藤平は眉を下げて謝った。

「ごめんなさいね、やり過ぎちゃった。君があまりにもかわいかったから……」

素直な気持ちを述べると、文乃が大きな目をまんまるに見開いた。

「えっ……」

「え？」

文乃が何にそんなに驚いているのか分からず、互いに顔を凝視しつつ、藤平は首を傾げる。その状態で数秒沈黙した後、文乃はソファに仰向けに寝そべった体勢のまま、キッとこちらを見上げた。

これは怒られるのかな、と藤平は身構える。なにしろ、泥酔した女の子を家に連れ込んで了承なくキスをしたのだから、詰られる覚えは十分にある。

だが、文乃は予想を大きく覆す言葉を発した。

「ふ……藤平さん、好きです！」

「！」

——ここで告白!?

脈絡も何もあったものじゃない。唐突過ぎる愛の告白に、藤平は呆気に取られて絶句した。藤平の表情に、文乃がくしゃりと顔を歪める。泣きそうなその顔に、自分の表情をまた曲解したのだと分かった。まずい、と誤解を解こうとした藤平は、彼女のマシンガントークに口を噤むことになった。

「お願いします。最後まで聞いてください！　藤平さんが私のことを避けていたのは、なんとなく分かっています！　あれだけ誘いを断られてるんだから、多分見込みはないんだとも！　で、でも、私、初めてだったんです。こんな気持ちになった男性は！　あなたを見た瞬間に、あなたが、私の探し続けてきた〝理想の人〟だと思ったんです！　あなたを見た瞬間、時間が止まったかと思った！　も、妄想かもしれないし、それだったらかなり気持ち悪い女だって自分でも思うんですけど、でも、だから、簡単に諦めたくなかったんです！　告白して振られるまではって！　ちゃんと想いを伝えて振られたら、もう二度とつき纏《まと》ったりしません。これが最後だから——」

「待って」

悲愴《ひそう》なまでの表情で自分の想いを告げる文乃に、藤平は堪らず遮った。最後まで、なんて、とても聞いていられない。

――彼女は、僕が断ったら、もう会わないつもりだった……？

それくらいの覚悟を持ってこの場に臨んでいたのか。同時に、そんな覚悟をさせるほど、煮え切らない自分の態度が彼女を追い詰めていたのだと分かり、胸が苦しくなった。

「ごめんなさい、そんなふうに思わせてしまって。僕のせいよね」

彼女の頬を撫でて謝れば、文乃はポカンとした顔になる。

「……え？　だって……」

きっと振られることを想定していたのだろう。文乃は困惑したように目を泳がせた。そんな様子も可哀想で、藤平は早く誤解を解くために結論を先に告げる。

「僕も君が好きよ」

文乃の黒い目が、これ以上はないほどに見開かれた。

「……え……？」

半信半疑という眼差しだ。それはそうだろう。さんざん避けていたくせに、掌を返したように言われても信用してもらえまい。藤平はグッと腹に力を込める。

「君が好き。君を避けていた件は、完全に僕に非があるの。……君を壊したくなかったのよ」

「壊す……、って……？」

当然の疑問に、藤平は小さく首を横に振った。

「それは後で詳しく話すわ」

〝女の子デストロイヤー〟という異名と過去の惨事《さんじ》について説明するべきだと分かっていたが、藤平はあえて後回しにすることを選んだ。

——逃げられたくない。

文乃が怯えて逃げるのを避けたかった。

ほんの少し前だったら、彼女に逃げる選択肢を残しただろう。

——でも、もう無理だ。

彼女を手に入れると決めた。自分の〝運命の女神〟として、一生傍から離さない。そういう覚悟を決めてしまったのだ。

「確認するけれど、文乃ちゃん、僕が好き？　本当に？」

藤平の問いに、文乃は憤慨したようにこちらをねめつけてきた。

「本当です！　あなたが好き！　じゃなきゃ、あんなにすげなくされてるのに、食い下がったりしません！」

その言い分に、藤平はフッと噴き出してしまった。

「それはそうよね。……僕を諦めないでくれて、ありがとう」

藤平の台詞に、文乃がまた目を丸くして絶句する。それから、顔をクシャクシャにして涙をボロボロと零し始めた。

「あ……やだ、ごめんなさい！　泣かないで！」

「ぅうう〜！　む、無理ですぅぅう……！」

女性の涙に弱い藤平は、アワアワと彼女の涙を指で拭う。だが次から次に溢れ出すので、拭いようもなく、こめかみを伝って黒い髪の中に吸い込まれていった。

うえええええん、と子どものような声を上げて本格的に泣き出した文乃を、藤平は抱き起こして膝の上に乗せる。文乃はまったく抵抗を見せず、されるがままだ。それをいいことに、艶々と天使の輪が浮かぶ小さな頭に頬擦りをすると、シャンプーの香りに混じった彼女の肌の匂いがした。泣いているせいか体温も高く、身体から立ち上る匂いが濃い。

――甘い、女の子の匂いだ……。

腕の中の彼女の存在が、ダイレクトに脳髄を刺激する。

思えば、こんなふうに女性と触れ合ったのは大学の時の事件以来だ。

オネエ口調ではあるが、性的嗜好は完全にノーマル、おまけに男性としての欲求も人並みにある藤平である。

久方ぶりの女性の温もりや匂いに、むくむくと興奮が高まり始める。

ぐずぐずと洟を啜る文乃の髪を優しく撫でてやりながら、藤平は懸命に逸《はや》る気持ちを押し殺しながら言った。確認はしておかなければ。

「文乃ちゃん、僕、かなり変わってるけど……それでもいいの？」

変わってる、などという曖昧な単語で言質《げんち》を取ろうとしているのだから、自分は相当な悪人だなと呆れながら思う。

問われた文乃は、当たり前のようにブンブンと頭を振って首肯した。

「私、藤平さんが、いいんです！」

欲しかった通りの返答に、藤平はにっこりと破顔した。

「じゃあ、もう問題ないわね」

「へ……」

状況を理解していない文乃の後頭部を手で摑み、桜色の唇に再び口づける。

「んっ……！」

文乃は驚いたのか目を開いたままだったが、それがキスだと理解して、そろそろと瞼を閉じた。

――ああ、かわいい……！

じっくりと彼女の口内を堪能しつつ、藤平は心の中で悶えた。

一見キツそうで、世慣れていそうな美女が、実は恋愛初心者。初心で拙《つたな》いキスを返してくる様《さま》に、心臓が痛いほどにキュンキュンと鳴る。

まさに自分だけの女神。彼女に他の男が触れるなんて、想像もしたくない。

──そうなる前に、全部自分のものにしてしまわなければ。

密やかに囲い込むのだ。

先回りをして、十重二十重《とえはたえ》に包《くる》んでしまえばいい。

彼女を壊してしまわないように。彼女が異常に気づかないように。彼女が怯えて逃げ出さないように──。

「かわいいわね……文乃さん」

唇を外すと、文乃が真っ赤な顔で、はふ、と赤ん坊のように息を吐く。その愛らしさにうっとりとしながら、薄い瞼にもキスを落とした。ちゅ、ちゅ、と軽く啄《ついば》むようにして顔中に口づける傍ら、ワンピースの背中のファスナーをゆっくりと下ろしていく。

「ん、ぁっ……ふ、ふじ、ひらさん……！」

脱がされていくことに、わずかに怯えを滲ませた声で文乃が呼んだ。

甘いような苦いような、薄荷《はっか》味の飴玉のような印象の声だなと思う。

実に、自分好みだ。いや、彼女の声だからそう思うだけなのか。

ただ一つ、その呼び名が気に喰わなくて、眉根が寄った。彼女の小さな顔を両手で包み込んで視線を合わせる。小鹿のように大きな黒い瞳が、潤んで甘く光っていた。

「〝成海〟。僕の名前……呼んでみて？」

できるだけ優しく囁いた。気づかせないように、怯えさせないように、ゆっくりと彼女に自分を染みこませていく。

藤平の囁きに、文乃が瞳に喜色を乗せる。

「……な、成海、さん……？」

「さん、は要らない。成海でいいよ。僕も、文乃と呼ぶから」

白い額に口づけながら、ワンピースの肩を落とす。鎖骨の浮いた華奢な胸元が露わになり、鮮烈な赤が目に飛び込んできた。

滑らかな生白い肌に乗る鮮烈な赤に、藤平は息を呑む。

総レースの生地は透けており、とても扇情的《せんじょう》なデザインだ。どちらかと言うと和風美人で、清楚なイメージの彼女とはギャップのあるそのブラジャーに、逆にクラリと興奮を煽られる。

動きを止めた藤平を不思議そうに見上げた文乃が、その視線の先に気づいて、カァッと赤面した。

「あっ……！　こ、これはっ……！　しょ、勝負下着なんです！　さ、桜子があのランジェリーショップで買った下着で、りゅ、柳吾さんと、うまくいったって教えてくれて、だから、あの、私もあやかろうって……！」

——ああ、あの店か……。

顧客のランジェリーショップで初めて会った時のことを思い出しながら、藤平は微笑んだ。まさかあんな場所で〝運命の女神〟に出会えるなんて思ってもいなかった。

　今年に入って担当することになったあのランジェリーショップのオーナーは、非常に気さくで優しい四十路のイケメンなのだが、話が長いのが玉に瑕《きず》だ。仕事のために訪問するとなかなか帰してもらえないことで有名で、あの時も捕まってしまって、ずいぶんと長い時間拘束されたのだ。終業時間をだいぶ過ぎてしまってからようやく解放され、内心グッタリしながら扉を開けた先に、彼女がいたのだ。

　――あの時、オッサンのお喋りに捕まってしまったのも、彼女に出会うためだったのかもしれないな。

　そう考えると、あの話の長い髭面のオーナーが恋のキューピッドだと言えなくもない。

「……その勝負下着のご利益、まんざら嘘でもなさそうね」

　藤平が呟けば、文乃は目をパチリと瞬いた。

「え？」

「だって、大正桜子たちを結び付けたラッキーアイテムなんでしょう？　僕たちもあのランジェリーショップで出会って、今こうしているんだから、その勝負下着のご利益は本物ってこと。でしょう？」

　にこ、と目を細めて首を傾げると、文乃がつられたようにへにゃりと相好を崩す。かわいい。

「そ、そうですよね……！」

「じゃ、もっとよく見せてもらうわね」

「へっ」

言うや否や、藤平は中途半端に脱がされていた文乃のワンピースを一気に引きずり下ろした。

「きゃ……んっ」

悲鳴を上げかけた文乃の唇を、素早くキスで塞ぐ。舌を絡めてやれば、文乃はすぐそちらに夢中になってクタリと力を抜いた。そんな稚い対応も本当にかわいい。

そっと腕から袖を抜き、レースのキャミソールも脱がしてしまうと、藤平は小さな唇を柔らかく食んでから解放した。

「ごめんね、このマンション、壁が薄いの。声は少し我慢してね」

本当はそんなことはないが、恥ずかしがる彼女の顔がかわいくて、ついそんな嘘を吐く。

諭すように囁くと、文乃はコクリと頷いたものの、顔は真っ赤になっていて、黒い瞳はとろりと蕩けてしまっている。ちゃんと聞こえているかは怪しいものだ。

――こんなチョロくてよくこれまで無事だったたな……。

キス一つでこの有り様では、手際のよい男ならばすぐに連れ込んでしまえるだろう。

うっとりと自分を見上げる彼女の瞼に唇を押し付けた後、藤平は細い首に噛みついた。

文乃は一瞬身を固くしたが、すぐに力を抜いて頭を傾ける。藤平が噛みついた方の首を曝け出すような動きに、心が緩やかに満たされるのを感じた。

彼女が自分に身を委《ゆだ》ねることが嬉しい。

――全てを委ねてほしい。この手の中に、彼女の全てを摑んでおきたい。

これまで誰かに対してこんな度を越した執着を抱いたことなどなかった。それなのに藤平は、今感じているこの暴力的なまでの感情を、特段不思議に思うこともなく受け止めていた。あるのは、文乃だから当たり前なのだという妙な実感だけだ。

彼女の首筋を甘噛みし、鎖骨に吸い付く。滑らかな白い肌は、すぐに赤く痕《あと》がついた。キスマークなど付ける意味が分からないと思っていたが、自分の痕跡が目に見えて彼女の上に残るのは、意外なほどに満足感が得られた。

思わず、ふ、と笑みが零れる。

「きれいね、文乃。君の肌には、赤がよく映える」

自分のつけた痕に対する感想だったのに、文乃は別のものだと思ったらしい。

恥ずかしそうにはにかんで、ブラの紐を指で弄《いじ》った。

「あ……嬉しい。あんまり、身に着けない色だから……少し不安だったんです」

――あ、そっちか。

確かに彼女が今身に着けている下着も赤だ。

改めてその姿を見直して、やはりこの下着も良く似合っていると目を細める。

ほっそりとしているけれど細過ぎずしなやかな肢体は、まるで生まれたての小鹿のようだ。肌は真珠のように滑らかで白く、その無垢な白の上に乗る、目映い緋色——。

全ての生地が細やかなレースでできているブラは、完全には肌を隠しておらず、半分透けていてその奥にある白を垣間見せている。中途半端に隠す、という危うい淫靡《いんび》さに、藤平はゴクリと唾を呑んだ。

「きれいよ。すごく、良く似合ってる」

もう一度言って、藤平はその赤に包まれた丸い膨らみに触れる。

「あ……」

文乃が小さな声を上げた。だがそこに戸惑いの色はなく、ただ事実を目の当たりにして思わず声が出たという印象だった。

自分の節立った指がその白い膨らみに埋もれる感触は、藤平の中の酷く荒々しい部分を刺激した。彼女の乳房は、柔らかいようで弾力のある、瑞々しい果実みたいだった。真っ赤なレースはこの熟れた果実の皮だ。剝《む》けば甘い果汁が弾け出すだろう。

そんな世迷い言のような文章を頭の中に思い描きながら、赤いレースに指をかけてずり下ろす。ふるん、と小ぶりだが形のよい肉が赤い絹の外へとまろび出た。その頂《いただき》には、薄《うす》紅《くれない》の実がかわいらしく鎮座している。

藤平は欲求のままに舌を伸ばし、その実に食らいついた。

文乃が息を呑むのが分かったが、やめてやる余裕などもうない。

小さなその肉を上顎と舌で挟み吸い上げれば、文乃が「ぁっ」と高い悲鳴を上げて身を反らした。小さな手がぎゅうっと藤平のシャツを摑む。

それが拒絶でないのは、口の中の肉の実が芯を持って硬く凝り始めていることで分かっていたので愛撫を続けた。

舐め転がし、甘噛みし、吸い上げる——その度に文乃がキュウキュウと甘い鼻声を上げて身をくねらせる。声を上げてはいけないと言ったのをちゃんと聞いていたようで、自分の手の甲を口に押し当てていた。

顔を紅潮させて声を堪える様子に、ゾクゾクとした興奮が背筋を走り抜ける。

——ヤバ……。頭煮えそう……。

こんなに興奮したことはこれまであっただろうか。

スラックスの中でもう痛いほどに勃《た》ち上がっている己自身を意識しつつ、藤平は右手を文乃の背に回しブラのホックを外す。緩んだ赤い布を細い腕から抜き取って投げ捨てると、もう片方の乳房を摑んでそちらの頂にも食らいついた。

彼女の身体の全てを味わいたかった。

「ぁっ……ん、ふ、ぅ……」

敏感な胸の尖りをしつこいほどに舐ると、押し殺せなかったのか、甘い嬌声《きょうせい》が文乃から漏れた。その声だけで腰に更に熱が籠る。

逸る気持ちを必死で宥め、乳房を甘噛みしながら、手を脇腹へと滑らせた。彼女の皮膚は薄く、肌の上からなぞるだけで肋骨を全て数え上げられそうだ。

くすぐったいのか、文乃が魚のように身を跳ねさせる。

その様子に口元が緩んだ。くすぐったい場所の多い彼女は、敏感な身体である証拠だ。慣れない内はくすぐったいだけだろうが、教えていけばそれが快感に変わる。

ふふ、と知らず声を出して笑ってしまい、文乃が不思議そうにこちらを見た。少し怯えの滲むその顔がかわいくて、口の端がニタリと吊り上がる。

「かわいい。敏感なのね。……悦《よろこ》ばせがいがあるわ」

「……えっ……」

からかうような物言いに、文乃が戸惑ったように視線をさまよわせた。

――おっと。

藤平は素早く顔を上げて彼女の瞼にキスをする。せっかく快楽に蕩けかけていたのに、正気に戻られてはつまらない。

「いい子ね、文乃。……何も心配しなくていいから、僕に全部委ねてて」

耳腔に囁きかけると、快感を拾ったのか、瞼をぎゅっと閉じて首を竦める。その項にもキスを落としてから、彼女のお腹の辺りで撓《たわ》んでいるワンピースに手をかけた。布地を鷲掴みにして引き上げ、頭から抜き取る。

「あっ、わっ……！」

既にファスナーを下ろしてあったので、なんの引っ掛かりもなくアッサリと剝《は》ぎ取られた文乃は、赤くなる暇もなく目をパチクリさせている。

藤平はそんな彼女の唇を奪いながら、手にした布をその辺にパサリと放り投げた。普段ならば皺を気にして衣類をそんなふうに雑に扱ったりしないが、今回ばかりはそんなことを気にする余裕などなかった。

ワンピースを取り除くと、剝き出しの文乃が残った。

白く長い両脚を所在なさげに折り畳み、細い両腕を身体に巻きつけるようにして胸元を隠している。

――孵化したばかりの、天使みたいだな。

どこのロマンチストだというような感想を抱いて、苦笑が込み上げた。

そもそも天使は卵生なのかという疑問が一瞬浮かんだが、そんなことはどうでもいい。ただ文乃が信じられないくらいきれいだという事実を描写しただけに過ぎない。

「そ、んなに……見ないで……」

食い入るように凝視してしまっていた藤平に、文乃が消え入りそうな声で苦情を言った。

「ごめん、無理」

即座に入れた断りに、文乃が唖然として顔を上げる。

藤平は真顔で彼女を見つめたまま、手でサイドテーブルの上にある眼鏡を取ると、それを装着した。

「なっ……なんで、眼鏡っ……！」

「ちゃんと見たい」

藤平の眼鏡は伊達ではなく、度入りだ。かけなくても日常生活に支障はない程度の近視だったが、今の文乃の姿をハッキリと記憶に焼き付けておきたかった。

藤平の端的な説明に文乃は口をパクパクさせたが、拒絶はしなかった。彼女が顔どころか首や胸元まで真っ赤にして恥ずかしげに俯いたのをいいことに、藤平はじっくりと舐めるようにその姿を眺める。

辛うじて身に着けているのは太腿の付け根を覆う、鮮紅色のレースだ。身体を折り曲げているのでわずかしか見えないが、薄く繊細なそれはシルクだろうか。見た目にも光沢のある美しい布だ。

ブラを見た時にも思ったが、文乃の象牙色の肌に、この赤はとても映りがいい。

淫靡なようでいて、犯しがたい清廉さがあるのだ。

例えて言うなら、巫女装束だろうか。神職特有の潔い無垢さと、同時に存在する扇情的な色香。清らかなものを汚したいという不届きな欲望が人間にはあるらしい。

確かに文乃のこの姿には、抗《あらが》いがたい欲望を感じている。

藤平のじっとりとした視線に、文乃が居心地が悪そうに身動ぎした。その細い足首を掴むと、藤平は小さな爪先にキスをする。

「わっ……！」

脚を持ち上げられたことでバランスを崩した文乃が、背後にあるソファの上にボスンと背中から上体を投げ出した。

膝に乗せていた文乃の身体が落ちてしまったが、藤平は構わずにかわいらしい足の指を舐めることに集中する。

「ぁっ!?　ぃやっ、そんなところっ……！」

レロリ、と親指と人差し指の間に舌を這わせると、驚いた文乃が足を引っ込めようとした。だが藤平はそれを許さず、足首を掴む手に力を込めて固定する。

足の指全てを舐めしゃぶり、彼女の肌を味わった。ふと目を遣れば、顔を真っ赤にした文乃が、瞠《みは》ったままの目でこちらをじっと見つめている。

それに目だけで微笑み、藤平は見せつけるように舌を出して、一層執拗に指を舐め回してやった。すると文乃は羞恥に堪えないように目を伏せたが、その表情には確かに欲情がのっている。それを見逃さなかった藤平は、満足して足を放した。

涙目の文乃の額にキスを落とす。

「かわいいわね」

頼りなく自分を見上げる文乃に微笑み、ネクタイの結び目に指をかけて緩めた。自分の一挙一動を、彼女の目が追っているのが分かって、とても気分が良い。

――そうやって、ずっと僕だけを見ていて。

そら恐ろしい粘着質な願望を心の奥底で抱き、うっそりと微笑んだ。歴代の彼女たちが半狂乱で泣きながら自分へ向けてきた欲望だった。彼女たちを宥めながら、心の中で『そんな無茶なことを』と思っていたものだったが、まさか自分自身がその無茶を望む日が来ようとは。

文乃の視線を意識しながら、スーツの上着を脱ぎ落とし、シャツのボタンを上から一つずつゆっくりと外していく。全部外し終えるとシャツを脱ぎ、次いでその下に着ていたアンダーシャツをガバリと脱ぎ去った。

弾みでズレた眼鏡を直して彼女を見ると、自分の裸の上半身に釘付けになっていて、ニヤニヤと口元が緩みそうになった。自分の身体が彼女の注意を引けたなら、日頃ジムで鍛えていた甲斐があったというものだ。

彼女に見せつけるようにしてスラックスのベルトを外すと、ハッとしたように顔を背けた。その初々しい反応に、彼女が初心者であることを思い出す。

——きっと見るのも初めてだよな。

ここで恥ずかしがる彼女に——という選択肢にもそそられるが、最初からやり過ぎるのは良くない。

前を寛げたものの、既に勃ち上がってスラックスの生地を押し上げている自身を取り出すことはせず、文乃の両膝に手をかけた。

「え」

戸惑いのかわいい声と同時に、それを割り開く。

「きゃっ！　や、だめっ！」

細く長い二本の大腿の先の付け根を露わにされて、文乃が泡を食ったように脚に力を込める。だがその前に、藤平が素早く自分の身体をその間に入れ込んだため、ままならない彼女が泣きそうに顔を歪めた。

「や……見ないで……！」

「ダメよ。ちゃんと見せて」

優しく、けれど拒絶を許さない強さで言えば、文乃は目を潤ませながらもグッと口を引き結ぶ。それに〝よくできました〟という意味を込めてニコリと微笑むと、藤平はおもむろに頭を下げて片方の内腿に口づけた。

文乃の身体は細いけれど女性らしい柔らかさがちゃんとあり、口づけた腿も十分に肉感的で、雄の本能を十二分に刺激する。思わず奮いつきたくなったが、ここで怯えられて先に進めなくなっては困る。藤平は噛みつきたい衝動を堪え、そこに吸いつくに留めた。色素の薄い文乃の肌は、少し吸っただけですぐに紅い痕が残る。

嬉しくてそれにもう一度口づけて、藤平は付け根へ向かって唇を移動させていった。

「……っ、ふ、ぅっ……！」

文乃が必死に声を殺しているのが分かる。きっとこんな場所を誰かに触れられたのは初めてなのだろう。身を強張らせながらも、藤平の言うままに脚を開いている彼女が、どうしようもなく愛おしい。

やがて到達したそこは、ブラとお揃いの華奢な下着に隠されていた。

勝負下着――勝負パンツと言うに相応しい、華やかさと淫靡さを兼ね備えた、高級感あるる下着だ。前を隠すレースの面積は驚くほどに小さい。よくこんなもので全てを隠し遂《おお》せているものだ。サイドは紐状で、けれどリボンを結ぶタイプではないようだ。後ろはどうなっているのだろうと紐を辿るようにして指を這わせていき、藤平は指が伝える感触にカッと目を見開く。

――これは……！

お尻の部分は、ほぼ紐だ。

これが世に言うTバックだろうか。

タイトなパンツスタイルの際、下着の線が出ないようにするために穿くのだと、昔姉から聞いたことがある。だが穿き心地が心もとないとかで、使用していないのだとも言っていた。別に姉の下着事情など知りたくもなかったが、本人が何の恥じらいもなくペラペラと説明してくれたのだから仕方ない。常々思っていたのだが、姉は弟である自分を、男性とも——もしかすると人間とすらも思っていない節がある。そんな姉は、この国で最高峰と言われる国立大学在学中に司法試験に合格した天才で、現在バリバリの弁護士である。いろんな意味で一生敵う気がしない。

——話が逸れた。

ともあれ、これまで付き合ってきた彼女の中にも、Tバックを穿いている人はいなかった。しかし藤平も正常な性欲のある男性だ。Tバックに対する興味がないわけではない。

——まさか、生のTバックを拝める日が来るとは……！

わくわくする気持ちを抑えられず、藤平は文乃の身体を横に倒すようにして、不埒なお尻を検《あらた》めた。

「ワァオ……」

知らず感嘆が漏れる。

一点のシミもないミルクのように真っ白な、形の良い小ぶりな双丘。その狭間に真っ赤な紐が食い込むように沈んでいる。

一種の芸術作品のように、完璧なTバックだった。

「あ、あの……！」

じっくりと眺め過ぎたのか、文乃の焦った声にハッと我に返る。

「す、すみません……！　勝負パンツだからと思い切ったんですが、やっぱりTバックとか、思い切り過ぎました！　ふ、普段はこんなの穿かないんです！　もっと普通の下着なんです！」

切羽詰まったように言い訳する様子に、笑みが零れた。

「思い切ってくれたの？　僕のために？」

普段はもっと普通の下着だという彼女が、自分のために意を決して勝負に出てくれたのだと思うと、派手で主張の強いこの赤い勝負パンツがいじらしく健気に見えてくる。無論、派手で主張の強いTバックも悪くない。というか、わりと好きだ。

「この下着も好きよ。言ったでしょう？　この赤は君にとてもよく似合ってる」

言いながら、お尻にチュッとキスを落としてから、そっと両脇の紐を摘まんでスルスルと脱がしていく。もう少しこの下着姿を堪能しても良かったが、早くこの先へ進みたい欲の方が強かった。

最後の一枚を剝ぎ取ってしまうと、文乃はソファの上で、居心地が悪そうに脚を抱えて丸くなった。

藤平は彼女の緊張を解すために、微笑んで彼女の唇に軽くキスを落とす。藤平の身体が覆い被さってくるので、文乃は両脚を開いて彼の身体を受け入れる形になった。歯列を割って彼女の唾液を啜りながら、彼女の胸を柔らかく揉《も》みしだく。指の間に胸の尖りを挟み緩急をつけて擦ってやれば、甘い鼻声で啼《な》いてくれる。かわいい。

文乃の身体が再び快楽に蕩け出したのを見計らい、唇を離して、鎖骨、乳首、臍、と順番にキスを落としていく。

やがて目当ての場所に辿り着いた藤平は、驚きに目を瞬いた。

初めてまともに見た彼女のそこは、あまりに無垢な姿だった。

まず茂みがほとんどない。恥丘部分に産毛《うぶげ》程度の柔らかな下生えがあるだけで、白い肌が露わになっている。下部についている小さな陰核は包皮に覆われ、その姿はほとんど見えていない。割れ目はぴったりと閉じていて、艶々とした桃色の花弁も花弁というよりは筋だった。

まるで稚い少女のようだ。

文乃の見た目が、同じ年頃の女性の中でも大人びて見えるようなスッとした美人であるだけに、そのギャップに少なからず驚いていると、文乃の泣きそうな声が聞こえた。

「……ごめんなさい……へ、変、ですよね……。私、その、あんまり生えない体質だったみたいで……」

その台詞に、藤平は慌てて首を振った。

「変じゃないわ。とってもきれいだから見入ってしまったの」

藤平の弁明に、文乃が困ったように眉を下げる。

「き、きれいって……」

「きれいよ、とても。真っ白で、幼気《いたいけ》で……僕が触れてしまっていいのかって思っちゃうくらい」

そう言っている矢先から、藤平はその薄い茂みを指で撫でる。

「……あ……」

指先が、皮を被ったままの陰核に触れた。敏感な部分に触れられて、文乃がピクリと身を震わせた。それがかわいくて、藤平はクツリと喉を鳴らす。

「ふふ、本当にかわいい……」

呟きながら、そこに向かって舌を伸ばした。

「きゃうっ」

皮の上から陰核をぺろりと舐めると、高い悲鳴が上がった。彼女の声はどれだけでも聞いていられるが、万が一にも彼女の嬌声を他の誰かに聞かせるのは業腹以外の何物でもない。

「しぃっ」

窘めると、文乃がクウ、と仔犬のような声を上げて自分の口を手で塞ぐ。

必死に耐える様子が可哀想でもあったが、それ以上に顔を赤くして快楽を堪えようとする表情に欲情を煽られた。

――もっと見たい。

自分の中にあるとは思っていなかった嗜虐心に驚きながらも、藤平はその動物的な欲望を抑えようとは思わなかった。

陰核を包皮ごと吸い上げて、口の中で弄り倒す。強い刺激に、敏感な花核はすぐに硬くなった。口の中から出してやれば、皮の入り口からピンク色の肉芽がチョコンと顔を出している。それがまたかわいくて、舌の先でチロチロとくすぐり続けた。

「っ……！　ぅ、ん、ふぅう……！」

虐められている文乃は、与えられる快感にビクビクと身体を揺らしながら、声を殺すのに懸命になっている。

「ん……！　あっ、だめ……な、成海くん、それ、だめ、だめ……！」

反応のかわいさのあまり執拗に陰核を虐め倒していると、抱えるようにしていた白い太腿がどんどんと強張っていき、彼女の声に余裕が消えた。

絶頂が近いのだなと分かった藤平は、やめてと言われても当然やめるはずがない。弄る舌の動きを更に加速させると、文乃がビクンと身を大きく撓《しな》らせて達した。先ほど窘めたのが効いたのか、その瞬間には声を上げなかった。

ヒクヒクと戦慄く太腿にチュ、とキスをして、藤平は「いい子ね」と労いつつも、その手管を止めない。何故なら彼女の痴態に煽られて、いい加減限界だったからだ。

早く彼女の中に押し入りたくて堪らなかった。

膨らみ切った陰核を弄りながら、指で花弁をクパリと割り広げる。まだ誰も荒らしたことのない隘路はまだ固かったが、達したばかりだからか、中からとろりと愛液を滲ませていた。それを指に馴染ませるようにしながら、まずは一本、ゆっくりと中へ差し入れる。

文乃の膣内はみっちりと密集していて、一本でもものすごい圧迫感を覚えた。

――これは、よく解さないと……。

改めて彼女が処女であることを実感し、口の端が自然と上がっていく。

処女性を重要視するつもりなどはないが、それでも彼女が自分しか知らないという事実は胸に来るものがあった。

痛みを感じさせないよう、慎重に指を動かす。

狭いが熱く潤んでいて、襞がきゅうきゅうと吸い付くように絡みついてくる。ここに挿入したらどれほど気持ち好いかを容易に想像できて、ゴクリと喉が鳴った。

自分の一物が下着の中で独りでにビクンと動くのが分かった。逸る気持ちをグッと呑み下して、藤平は文乃を解すことに集中する。

指の腹で花襞を擦り上げるように動かすと、弾力のある肉がうねうねと蠢《うごめ》いた。初めてでも異物の侵入に反応したのか、奥から更に愛蜜が溢れ出て藤平の掌まで濡らす。それが垂れて落ちそうになって、思わず舐め取った。人間の体液だ。塩辛いはずなのに、何故か甘く感じる。不思議だなと思いつつ、もっと味わいたくて舌を伸ばした。

「ふ、ぅう……！」

ベロリと舌の腹で花弁の内側をなぞりながら、中を探る指を追加する。蜜口はよく濡れているので、二本目をそれほど抵抗なく飲み込んでくれた。熱い泥濘《ぬかるみ》の中、二本の指をバラバラと動かしたり、襞を引っ掻くように指を曲げてみたりする。その度に文乃が甘い鼻声を上げてくれるのが嬉しい。

指が少しスムーズに動くようになって、中が解れてきたことが分かった。

――本当なら、もう一度イかせてあげた方がいいんだろうけど。

その方が文乃も力を抜けるだろうと思ったが、これ以上は自分の方が待てない。

藤平は一旦身を起こし、文乃の額にキスをしてから「ちょっと待ってて」と言い置いて立ち上がった。

さすがにリビングに避妊具を置くほど用意がいい男ではない。

寝室へ行き目当てのものを取ってくると、素早く文乃の所へ戻る。文乃は少しだけ不安そうにしていたが、藤平が手にしているものを見て、何をしに傍を離れたのかを理解したようで、恥ずかしそうに視線を逸らした。

藤平はコンドームを手早く装着すると、文乃の膝を抱えるようにして、その脚の間に陣取る。心臓がバクバクと早鐘を打っていた。高校生かというくらい、自分のそれが反り返っていることに苦笑が漏れる。手で握り、その先端を先ほどまで弄っていた文乃の蜜口に宛てがった。薄い膜を隔てていても、その熱さを感じ取れて、口の中に唾が込み上げる。逸る気持ちを意志の力でグッと抑え、文乃の顔を見下ろした。

文乃もまた藤平を見つめていて、目が合うと困ったように眉を下げつつ、微笑んだ。

「怖い？」

その笑顔がたどたどしくて、藤平は訊いた。

文乃は一瞬考えて、首を横に振る。

「初めてだから……そういうドキドキはあるけど、怖くない。……なんて言うのかな、今の気持ちを表現するのは難しいんだけど……」

そこで言い澱み、文乃は目を伏せた。長く黒々とした睫毛が、パサリと音を立てそうだ。昔姉が大事にしていたフランス製の人形のようだ、と心の中で思っていた藤平は、次の文乃の台詞に心臓を射貫かれる。

「きっと、私……成海くんが、欲しい、んだと思う」

眩暈がした。

頬を赤くして、はにかむように落とされたその爆弾に、藤平は堪え切れずガバリと彼女に覆い被さる。

税理士という堅い職業に加え、オネエ口調のせいで落ち着いて見られがちだが、こちとら二十六歳の正常な男子である。好きな女の子にこんなかわいい誘惑をされて、滾らない方がおかしい。

「な、成海くん……？」

急に覆い被さって自分の首元に顔を埋めた藤平に、文乃が驚いて声をかける。

そんな彼女の身体を一度ギュッと抱き締めてから、藤平はやおら身体を起こした。じとりとした視線を文乃へと向けて宣言する。

「煽った責任は取ってもらうわよ」

「へ……」

目をパチクリさせる文乃の唇に、ちゅ、と軽くキスを落とし、藤平は自分の楔《くさび》を潤んだ彼女の蜜口に宛てがい直す。そのまま、ぐう、と腰を押し進めた。

「……っ、んっ」

押し入られる感覚に、文乃が息を呑んで身を固くしたのが分かる。

だが、もうやめてはやれない。

文乃のそこは、藤平の質量を受け止め切れないとばかりに、入り口で押し止《とど》めようとしている。藤平は小刻みに腰を揺らして、宥めるようにして切っ先で蜜口を捏ねた。

「力を抜いて、文乃」

ぎゅっと目を閉じている文乃に言うと、自分が力んでいたことにようやく気がついたのか、ハッと目を開いてこちらを見上げる。怯えの滲むその眼差しに、藤平はできるだけ優しく微笑んでみせた。

「君の全部、僕にちょうだい？」

そっと囁けば、文乃はコクリと頷いて、息を細く吐きながら身体の力を抜いていく。

彼女の緊張が緩んだのを見計らい、藤平は「ごめんね、少し痛いかも」と断りを入れて、腰を鋭く突き入れた。

「あっ……！」

ぐぷり、と亀頭が彼女の中に収まった。

一番太い部分が入り込んだ衝撃で、文乃が目を見開いて悲鳴を上げる。だが熱い蜜襞に包み込まれる快感に、藤平は欲求を止めることができなかった。そのまま腰を押し付けるようにして、彼女の中を侵し切る。

――う、わ……。気持ちいい……！

文乃の中は、火傷しそうに熱かった。きついほどに狭いのに、愛液でぬるぬるに濡れた襞が絡みついて蠢き、彼を嬲ってくる。

脳が蕩けるような快感に、射精感がぐう、と腰を圧迫した。

——ヤバイ。

藤平は歯を食いしばって迫りくる快感を逃す。

そのまま華奢な背中に腕を回して、全身で彼女を抱き締めた。

文乃の身体は小さく戦慄き、その肌は汗でうっすらと湿っている。

「……痛い？」

訊いて、自分でばかなことを言ったと後悔した。初めて男を受け入れたのだ。痛みを感じないはずがない。あれほど狭かった場所を抉じ開けた実感があるだけに、痛みを与えた当人が言うべき言葉ではなかった。

だが文乃は健気《けなげ》にも、彼の腕の中でフルフルと首を横に振った。

「……だい、じょぶ……」

藤平は眉を顰めた。震え声に、潤んだ両目。どう考えても痛いのだろう。

可哀想になって、額をそっと撫でた。

「……辛そうね。やめようか？」

本音では、ここでやめるなど殺生な、と言いたい。だが、それ以上に文乃に辛い思いをさせたくなかった。

だが文乃は、藤平の言葉にパッと目を見開いて、また首を振る。

「やめないで！」

「でも……」

「痛く……ないわけじゃないけど、でも、それ以上に、嬉しいの！　だから……」

必死に言い募る文乃は、逃がすまいと藤平の腕をギュッと摑んでいる。

——逃がしたくないのは、こっちの方なのに。

ふ、と幸せな笑いが込み上げて、藤平は彼女に口づけた。改めて思い返せば、事あるごとにキスばかりしている。こんなにキス魔ではなかったはずなのに。

「じゃあ、お言葉に甘えて」

悪戯っぽく言って、藤平は律動を再開する。

ゆっくりと彼女の中を堪能するようにして動いていると、やがて文乃から声が漏れ始めた。

「……っん、んぅ、ぁ、ふ、ん……」

自分の動きに合わせて、吐息のような微かな嬌声が上がる。それに頭がおかしくなるほど煽られて、藤平は興奮を高めていった。腰を打ち付ける度、彼女の愛液が掻き回されて粘着質な水音が立つ。自分の熱い吐息、文乃の小さな喘《あえ》ぎ声、ソファの軋む音——耳が拾うのはそんな音ばかりだ。鼓膜すらも欲望の熱に侵されて、今はただ快楽を追うためだけに働いていた。

ズリズリと膣壁を引っ掻くように出し挿れすると、濡れた襞がその動きを追うように付いてくる。吸い付かれるようなその感覚に、先ほど抑え込んだはずの射精感がじわじわと込み上げ始めた。

「ああ、文乃、気持ちいぃ……」

熱く息を吐きながら言えば、文乃の中がきゅう、と締まり、藤平は息を詰める。

兆しを見せていただけだった絶頂が、一気に押し上げられて迫ってきた。

「……っ、クソ」

ドクン、と下腹部に流れる血液が増量される感覚がして、自分のものが質量を増すのが分かる。

文乃の方も、自分の中で藤平がより一層膨れ上がったのを感じたのだろう。驚いたように大きな目を瞠った。

「あ……?」

「ごめん、文乃。もう、限界」

言って藤平は上体を起こすと、文乃の両膝の裏を自分の腕に引っかけるようにして抱え上げる。欲望に追い込まれるままに、速い速度で文乃の中を穿《うが》った。

「あ、ぁ、あ、ああ、あっ」

鋭く、一番深い場所目掛けて叩きつけられる衝撃に、文乃が抑制しない声で啼く。

だが藤平の方も、その声の大きさを気にする余裕はもうなかった。

熱く熟れた文乃の蜜壺の中をこそぐようにして、限界まで滾り切った肉の楔を、抜け落ちるギリギリまで引き出し、根元までぎっちりと押し込む。繰り返す度、頭のネジが焼き切れそうな快感が襲った。

自分の荒い呼吸が身体の中で響く。まるで獣のようだ。

「あ、ああ、なる、みくん……成海くんっ」

高い嬌声の合間に、文乃が自分の名を呼んで、こちらに向かって両腕を広げた。

ぶわ、と泣きたいような感覚が胸に迫って、藤平はその腕に吸い込まれるようにして身体を倒す。細く白い腕が、絡みつくようにして受け止めてくれた。

「好き……成海くん、好きっ……！」

なおも腰の動きを止めない藤平に揺さぶられながら、文乃が告げる。

――どうしよう、泣きたい。イきたい。

欲望も衝動も感動も全てぐちゃぐちゃになって、藤平はがむしゃらに文乃の唇を貪りながら、ガツガツと熱い泥濘を穿った。

腰に愉悦の慄きが走る。最後の爆発に向かって駆け上がりながら、文乃を抱き締める。

「文乃……文乃、もう、イクよ……っ」

その言葉に応えるように、文乃の媚肉が蠕動《ぜんどう》した。

「うっ、ぁっ……！」

圧倒的な快感が、腰から背中に走り抜けて、呻き声が漏れた。それと同時に、精液が尿道の中を勢いよく通り抜けて、びゅるびゅると放出されていく。薄い膜で隔てられながらも、文乃の内側で射精しているのだと思うと、ばかみたいな満足感が胸を満たした。

「……文乃……」

愉悦《ゆえつ》の余韻に浸りながら、藤平は愛しい女性の身体を抱き直す。

——手に入れた。

さんざん迷って、でも、手を伸ばしてしまった。

だから、絶対に放さない。放せない。

「大切に……大切に、するからね……」

額に頬擦りをして告げた決意に、文乃がくたりとしながらも、微笑んでくれた。

# 第四章　尽善尽美《じんぜんじんび》

会社のビルから一歩外に出ると、ムッと汗ばむような熱気が襲ってきた。

建物の谷間から見上げた空は四角いけれど、鮮やかなブルーだ。高い位置にある太陽から放たれる初夏の陽射しが金色で、目映さに文乃は思わず顔を顰めた。

今日も暑くなりそうだ。

まだ梅雨入りもしていない時期だというのに、まるで真夏のような気候だ。

日傘を持ってくれば良かっただろうか。ロッカーに一つ、晴雨兼用の折り畳み傘が入っていたはずだ。取りに戻ろうと腕時計を確認して、息を吐く。時間がない。

「急がなきゃ」

言いながら踵を返してビルの中に戻り、エレベーターに乗り込んだ。操作パネルに社員証を翳して自社のあるフロアへ上がり、ロッカールームへと走る。

今日は桜子とランチの予定だ。桜子の会社は恵比寿《えびす》から七駅離れた新橋にあるが、今日は仕事でこの近くへ出ているらしく、ならばランチをと文乃の方から誘ったのだ。

――報告とお礼、ちゃんとしなきゃだし。

桜子と柳吾の協力があったから、藤平とうまくいったのだから。

食事会の後、藤平と思いを交わし合い交際するに至った旨を、桜子には翌日メールですぐに伝えていた。だがその週末は藤平と彼の家で過ごすことになってしまったため、まだ顔を見て報告できていないのだ。

藤平は文乃が家に帰るのを嫌がった。着替えも化粧品も持ってきていなかった文乃が無理だと説明すると、なんとそれらを全部コンビニで調達してきてしまった。

生活用品一式が手に入ってしまう昨今のコンビニの利便性怖い。

そんなこんなで、金、土、日の三日間を彼のマンションで過ごしたのだ。その間のことを思い出して、パッと顔に血が上ってしまう。

――あんな爛《ただ》れた日々は、人生で初めてだった……。

パタパタと手で顔を扇ぎながら、文乃は振り返る。

あんなに柔和な紳士という外見で、しかもオネエ口調なくせに、藤平の中身は肉食獣だった。藤平の家にいる間、服を着ていられたのはどれくらいだっただろうか。最初に抱かれた後、一緒にお風呂に入った。恥ずかしいと断ったが、にっこりとした無言の笑顔で押し切られてしまったのだ。そこで挿入こそされなかったが、手や舌でさんざん虐められ、その後ベッドでまた啼かされた。ちなみにベッドでも藤平は挿入せず、文乃を啼かせることに歓びを感じている様子だった。藤平の〝成海くん〟が元気になっていたのを知っていた文乃が、それはいいのかと遠回しに訊いたのだが、彼は「気にしないで」と笑った。曰く、「処女に無体は働けない」とのこと。

挿入しないだけで、さんざん身体を愛撫され何度も絶頂に追い込まれるのは、無体とは言わないのかと説教したくなったが、それよりも睡眠欲が勝ってしまった。

疲れ果てて寝落ちした文乃が次に目覚めたのは、土曜日のお昼を過ぎた頃だった。

胸にむずむずとした感じを覚えて重い瞼を開いてみれば、自分に覆い被さり、剝き出しの乳房を揉みしだきながら、乳首を吸っている藤平の姿があった。何が起こっているのか分からず、啞然とする文乃に、藤平は実に麗しい笑顔で言った。

『あら、おはよう。もう、文乃ったら全然起きないから、待ちくたびれちゃったわ』

待てなくてイタズラしちゃった、と語尾にハートマークがつきそうな口調で説明され、一瞬気が遠くなってしまったのは無理からぬことだろう。昨日まで処女だった初心者には濃厚過ぎる目覚めではなかろうか。

襲われて目覚め、なし崩し的に一度抱かれ、その後藤平が作ってくれていたブランチ（BLTサンドとタマゴサンドと、アイスミルクティでものすごく美味しかった！）をいただいたのだが、何故か藤平のシャツを着せられ、膝の上で食べさせてもらうといった羞恥プレイをさせられた。文乃の体力はいろんな意味でもうゼロだ。

なにより、服である。金曜日に着ていたワンピースと下着は寝ている間に洗濯されてしまっていて、代わりにと藤平が差し出したのが、彼のシャツ一枚である。辛うじて下着はコンビニで買ってきてくれたものを身に着けたが、それでも外を出歩ける恰好ではない。

一人暮らしの男性の家に、女物の洋服があることの方が嫌だし、「これがあの漫画とかでよくある〝彼シャツ〟か……！」という感慨に耽ることもできたので土曜日はそれに甘んじたが、乾いたはずのワンピースが日曜日にまた洗濯機の中で回っているのを見た時には目が点になった。

『これじゃ家に帰れない！』

と非難した文乃に、藤平がにっこりと笑って言い放った。

『帰らなくていいわよ』

イヤイヤイヤ明日仕事ですから！　と断ると、藤平は不思議そうに首を傾げた。

『ここから通えばいいじゃない。僕の家の方が、文乃の会社に近いでしょう』

『そ、そんなわけには……』

『僕は君ともっと一緒にいたいんだけど……文乃は、嫌？』

優しげな美貌を寂しそうに曇らせて肩を落とす藤平に、結局文乃は陥落した。

――あの上目遣いは反則だと思うの……！

惚れた男のそんな表情に、胸がキュンキュンしないはずがない。

付き合ってこんなにすぐに同棲まがいのことになるのは、文乃のこれまでの常識ではかなり危うい行為だ。

価値観の違う他人同士が一緒に暮らすというのは、様々な点で困難が多い。それに、先に同棲をしてしまうと、結婚が遠のいてしまうと何かの本に書いてあった。結婚する必要がなくなってしまうからだそうだ。

文乃にとって、〝理想の人〟とは結婚相手だ。つまり藤平と結婚したいと思っているから、結婚が遠のく可能性はあまり増やしたくない。

いろんなデメリットが頭に浮かんだけれど、それでも彼に頷いてしまったのは、〝もっと一緒にいたい〟という気持ちがものすごく嬉しかったし、自分も同じだったからだ。

一目で恋に落ちて、何度すげなくされても諦められなかった人だ。

少しでも一緒にいたい、離れたくないと、心も身体も叫んでいる。

生まれて初めての恋に溺れている自覚はある。だが文乃にとっては、一生に一度、唯一の恋だ。今はこの気持ちを優先したかった。

そんなわけで、月曜日の今日、文乃は金曜日とまったく同じワンピースを着て、桜子と会うことになる。妙に鼻の利く親友が、それに気づかないはずがない。

洗いざらい吐くことになるんだろうなと思いつつ、それを聞いてほしいと思っている自分もいる。

なんのことはない。恋に浮かれているのだ。

フワフワと心が浮き立っていて、地に足がついていない感覚。我ながら危ういなと思いながらも、麻薬のようなこの多幸感を手放すなんてもう無理だ。

ロッカーから目当ての傘を取り出し、エレベーターに乗り込んだ文乃は、もう一度腕時計を確認した。

「やば。もう桜子、待ってるかしら」

バッグの中のスマホを探っている内にエレベーターが停まり、扉が開く。降りようと顔を上げた文乃は、ドアの向こう側に立っていた人物を見て、心の中で「ゲ」と言った。

社長が立っていた。隣には若い女性が寄り添うようにしている。

——出がけに嫌な奴に会っちゃった……。

スマホを取ろうとしていたバッグの中で、細長いペン状のものが手に当たる。桜子にもらったボイスレコーダーだ。

——念のために……。

そっとその電源ボタンを押してから、何気ないふりをしてスマホを取り出す。

そしてまた嫌みを言われない内に出ようと、「お疲れ様です」と会釈をして通り過ぎようとした時、社長が声をかけてきた。

「あれ、池松縄、ランチ休憩？」

「あ、はい。友人と約束があって……」

急いでいるのだと暗にほのめかして答えると、社長が皮肉っぽく笑った。

「友人って、パパ的な？」

「――は？」

そのパパが、文字通り父親を指す言葉ではないことくらい、誰にでも分かる。

一瞬頭が真っ白になった。いや、真っ赤に、だろうか。

瞬時に脳内が怒りに染められて、文乃はそれを抑えるために真顔になる。

文乃の声色に冷えたものを感じたのか、社長は少し狼狽したように顎を引いたが、すぐにフンと鼻を鳴らした。

「おっかない顔して、相変わらずかわいげがないな、君。少しは泣いてでもみせたら庇ってやろうって気にもなるのに。なあ、寿々《すず》ちゃん」

隣に立っている女性の肩を抱いて言う社長を、文乃は無表情のまま見返す。会社に愛人を連れ込むような男に言われたくない。

「私は社長に庇ってもらわなければならないようなことはしていませんので」

事実だけを淡々と告げると、社長が忌々しげに舌打ちをした。

「言ってろ。本当に生意気な奴だよな、君。今に後悔するぞ」

——もう後悔してるわ。こんな会社に入っちゃって……！

心の中で毒づいて、文乃はもう一度会釈をしてエレベーターを出る。その瞬間、社長が言った。

「池松縄。彼女、本仁《もとに》寿々ちゃん。今日から中途で入社することになった。ＯＪＴ指導者は君な」

青天の霹靂《へきれき》とも言うべき内容に、文乃は仰天して振り向く。

「ちゅ、中途採用、ですか……？」

自分の愛人を入社させるということですか、と、口走らないだけの分別は残っていた。

改めて社長に寄り添っている女性を見ると、この間の慰労会で社長の隣に座っていた人だった。下唇にある特徴的なほくろで気がついた。いつもの社長の好みとは違う、かわいらしい感じの大人しめの美人だ。

「かわいいだろう？　かわいいからって、虐めるなよ」

彼女の頭に頬擦りをするようにして社長が言った。

——誰が虐めるか！

パワハラ経営者が、どの口で言っているのかと思う。

文乃はグッと怒りをやり過ごし、困ったように微笑んでみせた。

「あの、ＯＪＴ指導者には、もっと適任がいるかと……」

社長の愛人のＯＪＴなど、面倒事の予感しかしない。むしろわざわざ文乃を名指してくるあたり、社長が嫌がらせのためにしているとしか思えなかった。

ひくつきそうになる笑顔で、必死に他の人にお鉢《はち》を回そうとしていると、社長が「ハッ」とせせら笑う。

「期待してるよ、営業主任！」

盛大な嫌みに、カッと顔に血が上る。

少人数で切り盛りしているこの会社に、主任という役職はない。営業担当者が四人、その内の一人が創立時からいる、社長の右腕とされる四十代の取締役の一人だ。

若い社員の多いこの会社で、実際のところ現場を取り仕切っているのは、残る三人の中で最年長の文乃だ。誰よりも仕事をこなしている自負もあるし、会社への貢献度もそれなりにあると思っている。

数か月前、文乃が大きな契約を取って来て、それを皆が歓声を上げて喜んでくれた。その時の冗談として「池松縄さんは、ウチの営業主任ですから！」と、後輩が言ったのだ。

それを、社長が聞き咎《とが》めた。

『存在しない役職を捏造《ねつぞう》してまで、認められたいのか。承認欲求の塊だな。浅ましいよ、池松縄』

血の気が引いた。恐怖からではない。怒りでだ。

自分が言わせたのではない。言っていた方も、単なる冗談だ。ネタなのだと皆が分かっていても、社長にそう言われてしまえば、まるでそちらが真実であるように扱われてしまう。

悔しさとやるせなさに歯噛みしたあの時の記憶がまざまざと蘇り、文乃はグッと奥歯を嚙む。そうしていないと、喉が干上がってしまいそうだった。

――こんなところで、泣くもんか。

絶対に泣いてなんかやらない。こんなパワハラ男の前でなんか、絶対。

腹立ちと悔しさを気合で呑みくだし、文乃は嫣然と笑ってやる。

「分かりました。私で……お役に立てれば。本仁さん、池松縄です。また午後から改めてになるとは思いますが、どうぞよろしくお願いします。それでは、私は急ぎますので、失礼しますね」

それだけ言ってペコリと頭を下げると、文乃はクルリと踵を返す。

背後から聞こえてくるこれみよがしな舌打ちの音は、聞かなかったことにした。

＊・＊・＊

その後の桜子とのランチで、文乃は社長との不愉快な一件については話さなかった。

今日は恋の応援をしてくれていた桜子に、藤平とうまくいったという明るい報告をするための時間だ。それをあんな胸糞《むなくそ》の悪い人間を話題にして、台無しにしたくなかったのだ。

桜子は文乃の報告に、涙目になって喜んでくれた。

「こうなるって分かってたけど、実際にうまくいったって聞くとやっぱり感慨もひとしおだよぉ！」

ありがとう、と笑いながら、文乃は食後のコーヒーを一口啜る。今日のランチはローストビーフ丼だった。器からはみ出るくらいにのっていたのに、赤身のお肉がとても柔らかく、わさびがピリッと効いていてとても美味しかった。

「こうなるって分かってたって？」

「だって藤平が文乃ちゃんのこと気になって仕方ないの、丸分かりだったし」

そうなの？　と相槌を打ちながらも、藤平も自分のことが好きだったのだと言われて、嬉しくて仕方ない。文乃はニヤつく顔を少しでも抑えようと、両手で自分の頬を抓ってみたりする。

そんな文乃を微笑ましそうに見ながら、桜子が肩を竦めた。

「だからこそ、なんだってあんなに意地張ってたんだか、未だに謎なんだけど」

確かに、両想いだったのなら、何故最初にあれほど避けられたのかが、文乃の方もよく分からない。

「ああ……なんか、『壊したくなかった』って言われたのよね」

　そのことに対する藤平の言い訳を思い出しながら、文乃は首を捻った。

「壊す？　何を？」

「……私を、って言ってたけど」

「はぁ？　文乃ちゃんを？　付き合ったら、藤平が壊すってこと？　何それ？」

　桜子が怪訝な顔で盛大に首を傾げている。

「いや、私もよく分かんないんだけど」

　苦笑いで返せば、桜子は手を顎に持っていって、うーんと考え込む。

「藤平ってそんな不思議ちゃんな男だったっけ？　……いや、オネエ口調とか女性フルネーム呼びとかの段階でかなり不思議ちゃんであることは間違いないか……」

「あ、それ。なんで成海くんがオネエ口調なのか、桜子知ってる？」

　ナイーヴな内容なだけに、なんとなく本人には訊きづらい話だ。訊いたら答えてくれるのかもしれないが、もしそこに地雷が潜んでいたらと思ってしまう。自分よりも数年彼と付き合いの長い彼女なら知っているかもしれないと思い訊ねると、桜子は少々やさぐれた表情で「へっ」と笑った。

「聞いたら腹が立つと思うよ」

「えっ」

「モテ過ぎて困るから、女避けのためなんだってさ」

「へ、へぇ……」

確かに腹の立つ理由だった。

「でも、自意識過剰ってわけでもなくてね。前にも言ったかもだけどあの男、異様にモテるんだよ」

「そ、そうなの……!?」

確かに前にも聞いたかもしれない。と呟きつつも、文乃は思わず前のめりになってしまう。自分の恋人が異様にモテるというのは、なかなか厄介ではなかろうか。

「あのルックスで基本的に紳士で、誰にでも優しいでしょ。その上頭良いし要領も良くて、困ってる人をほっとけない善良さもあるから、相談とかしやすいわけ。自分のために親身になってくれるパーフェクトなイケメンとか、女だったら誰だって転んじゃうよ」

「な、なるほど……」

「おまけに料理上手でおもてなし好きとかさ。平気で誰でも自宅に招いてご馳走《ちそう》振る舞っちゃうんだよ？　女じゃなくても惚れちゃうよ。実際、会社の男の先輩が『成海ちゃんなら男でもイケる……』とか、藤平の作ったパエリア食べながら夢見るように呟いてたもん」

「や、やめてぇえええええ！」

藤平が男性に襲われている場面を想像して、文乃は青くなって悲鳴を上げる。確かに週末、藤平が手料理を食べさせてくれたが、どれも絶品だった。しかし無差別に人の胃袋を摑むのはやめてほしい、切実に！

「まあそんなわけで、無自覚で片っ端から女の子オトしていっちゃう藤平くんは、その対策としてオネエ口調で喋るようになったんだってさ。あれだと一見セクシャルマイノリティの人に見えるから半数はファーストコンタクトで諦めちゃうみたい。あと、あのフルネーム呼びもその一環。ちょっと変わった人だって印象付けるのにはピッタリなんだって」

「そ、そうだったんだ……」

文乃は複雑な気持ちで嘆息する。

オネエ口調とフルネーム呼びは、彼なりに編み出した警告色というわけか。ヤドクガエルなどが〝自分は毒ですよ、食べないでください〟と示すために、奇抜な体色をしているというアレだ。

それだけ言い寄る女性を警戒しているのだとは分かったが、言い換えればそんな奇抜なことをしなければいけないくらいにモテるということだ。

文乃としては心中穏やかではいられない。

眉根を寄せていると、桜子が慌てたように「あ、でも」と付け足した。

「藤平ってあんなだけど、めちゃくちゃ硬派だから！　〝運命の女神〟を見つけるまでは誰とも付き合わないって豪語して、私が知る限り、就職してからは彼女いたことないからね！　そういうとこ、文乃ちゃんと似てるでしょ？　だから私、二人は相性ピッタリだって思ってたんだもん！　なんか、すごいドラマティックじゃない？　お互いに、〝理想の人〟で、〝運命の女神〟だったってことでしょう？」

「そうかな……」

桜子のフォローに文乃は力なく笑う。

確かに、〝理想の人〟を求めていた自分と、〝運命の女神〟を探していたという藤平には共通点はあるだろう。だが、決定的に違うものがある。

――私は誰かを好きになるのも、付き合うのも初めてだけど、成海くんは違うよね……。

自分の口調をオネエ風に変えてまで警戒しているということは、これまでに女性関係で苦労したことがあるということだ。その上、ベッドでのあれやこれやを思い返すに、彼が初心者である可能性は限りなく低い。

つまり、文乃と違って藤平は異性関係において、それなりの経験を積んでいるのだ。それなりどころか、女性を避けなければならないほどがっつりと積みまくってきたに違いない。

そんな百戦錬磨《ひゃくせんれんま》の彼が求める〝運命の女神〟に、果たして自分は相応しい人間なのだろうか。

――甘いだけの話が、あるわけないよねぇ……。

始まったばかりの初恋が、ふわふわとした幸せなだけのものではないことに気づいた文乃は、またコーヒーを一口飲んで溜息を吐く。

二十六歳、まだまだ世間では若輩と言われる年齢ではあるが、子どもと呼ばれる年でもない。社会人として働き出して数年、世の中が善や正論だけで回っているのではないことを理解する程度には、大人になってしまったのだと思う。

異なる価値観を持つ他人と他人が寄り添って、摩擦《まさつ》が生じないはずがないことくらい、自分自身の身をもって知っている文乃である。

文乃の溜息に、桜子が心配そうな眼差しを寄越してきた。

「あの……ごめんね。私、余計なこと言っちゃったかも……」

藤平がモテるということを文乃が憂慮しているが故の溜息だと思ったのだろう。

文乃は苦笑して「違う違う」と手をヒラヒラと振った。

「大丈夫よ。〝理想の人〟って端的に言ってたけどね。私はそれを〝自分に都合の良い人〟って意味では使ってないの。相手も人間だもの。お互いに重ならない部分だってたくさんあるはずだわ。互いに歩み寄ることで隔たりを縮めていくのが、人間関係の構築だと私は思ってるから。でも恋人とか夫婦の場合、歩み寄る時に、やっぱり〝好き〟って感情がなかったらできないこともあると思うのよね。それができそうな人っていうのが、私の〝理想の人〟ってことなの」

自分で言いながら、理想論だよなぁと思う。

それでも、理想像をしっかり持っておくことは、必要だとも思っている。そして身近な誰かに、それを口に出して言っておくことも。

そうすることで、理想から外れようとする弱い自分を戒めることができるだろうから。

「だから成海くんの話も、聞けて良かったよ。自分がどうやっていくか、どうすべきかを考える材料になるもの」

文乃の話を、桜子はじっと聞いていたが、やがて「ほわぁ……」となんだか気の抜けるような声でニコッと笑った。

「文乃ちゃん、やっぱり面倒くさいくらい理屈っぽいよねえ。そういうとこ、童貞のDKっぽいわ」

「ちょっと！　どういう意味よ！」

てっきり肯定の言葉が出て来ると思ったのに。

とんでもない変化球でデッドボールを喰らった気分になった文乃は、コーヒーを噴き出しそうになりながら怒鳴る。

童貞ＤＫっぽいってどういうことだ。

「いやぁ、学生時代から変わってなくて、なんかホッとしたって言うか、ほんわかしちゃった。私、文乃ちゃんのそういう拗らせた上にアンバランスなところ、すっごい好き」

「だからどういう意味よ！」

「あはは、褒めてるのに～」

どう考えてもばかにされている気がしてならない褒め言葉に、ガックリと肩を落としつつ、おかしさが込み上げてくる。

桜子は昔からこういう子だった。実はいろんなことを考えているくせに、それを表に出さず飄々としている。自分も一風変わっている自覚があるが、桜子も相当な変わり者だ。変わり者同士だからか、妙に気が合ってつるむようになったのだ。

クスクスと笑い出した文乃に、桜子もケタケタと笑い声を上げる。

ランチの時間はこうして楽しく過ぎていき、文乃は会社を出る際に遭った不快な出来事をすっかり忘れてしまっていたのだった。

＊・＊・＊

「――よいっしょ……」

大きなボストンバッグを抱え直し、文乃はエントランスの前に立った。

自動ドアの前に設置されているタッチパネルで暗証番号を押さないと中には入れないオートロックシステムのこのマンションは、文乃の家ではなく、藤平の家である。立地やこの設備などを考えると、家賃は相当するだろう。藤平は税理士の資格を持っているとはいえ、このレベルのマンションとなると、なかなか経済的に苦しいのではと思っていたところ、藤平からアッサリと「ここ、大学生の時に父親が買って寄越したのよね」と肩を竦めて説明された。なんでも、彼の父親は大手企業の重役でお金持ちらしいのだが、愛人を作って彼の母親と離婚したらしい。それが藤平の高校卒業と同時期だったらしく、学費と財産分与を兼ねて、彼名義でこのマンションを買ったということだった。

『父親のしたことを許すかどうかは別として、投資目的でも使えそうな物件だったし、まぁ、くれるもんはもらっとこうって思って。母親も姉も、相当毟《むし》り取ってやったみたいだしね。まあ、当然の慰謝料よ』

しれっと肩を竦めて言う様子に、彼の家族との絆を垣間見て、微笑ましくなった。確かに藤平は、姉のいる弟っぽいイメージだった。

タッチパネルに部屋番号と暗証番号を入力すればドアが開くのだが、どうしたものかとひとまず考え込む。暗証番号は藤平が教えてくれていたが、果たして勝手に入り込んでいいものだろうか。いや、いいから教えてくれたのだろうが、やはり実際にやるとなると、なかなか勇気がいる行為だ。

彼からは『今日は残業で遅くなる』とメールが来ていたので、きっとまだ帰って来ていないはず。文乃は定時で上がれたため一旦自宅に戻り、当座の生活用品を取って来たのだ。

今日は午後から、社長が連れてきた中途採用の女性を指導するはずだったのだが、当人が社長と一緒に社長室に籠ってしまったので、指導などできようはずもない。

他の社員たちも、唐突な新入社員と二人での個室お籠りに驚いていたものの、社長の常識を逸脱した行動は珍しいことではなくなっていたので、またか、と諦めモードだった。

『昔はこんな人じゃなかったのになぁ』と、創立時からいるプログラマーが小さくボヤいていたのが、妙に胸を衝いた。

とはいえ、予定外の仕事である新人教育をしなくて済んだので、定時に上がれたのだ。ラッキーと言うべきかもしれない。

文乃はずり下がってきたボストンバッグを、もう一度よいしょと抱え直す。
二、三日分だったが、旅行ではなく、ここで生活するとなると、スーツやパジャマといった衣類だけでなく、ノートパソコンだの仕事の資料だのと、かなり大荷物になってしまった。
——人ひとり転がり込むって、物だけでこんなにも増やすことになるんだなぁ……。

改めて自分のしようとしていることの大きさを感じて、少し腰が引けてしまった。

藤平の家に、いわゆる半同棲状態で住むとなれば、これだけのものが藤平の家に増えるのだ。それだけ彼のパーソナルスペースを占領するということにもなる。その上、自分はこれまでの居場所を変え、彼のパーソナルスペース内に自分の場所を作り直さなくてはならなくなるのだ。

――これって、すごいパワーが要るわよねぇ……。

例えば桜子に同居しようと言われても、きっと文乃は断るだろう。気心の知れた親友とはいえ、自分の居場所を別に移すことも、パーソナルスペースを侵されることも文乃には億劫なことだ。仕事で余裕がないせいもあるのだろう。そんな労力をかけるくらいなら、自分の家で一人、自由にしていたいし、なにより寝ていたい。

これまでの人生で一度も男女交際をしたことのない文乃は、一人の気ままさや自由しか知らないし、それを享受してきた。

そんな自分が、藤平の「一緒に住みたい」という提案を受け入れたのだから、誰よりも自分がビックリだ。

――恋って、ものすごいパワーが出るものなんだわ……。

そんなことをしみじみと考えていると、背後から声をかけられて仰天した。

「どうしたの、文乃。こんなところでボーッとしちゃって」

「わっ！　な、成海くん！」

振り返ると、会社帰りのスーツ姿の藤平が、こちらを覗き込むようにして立っている。手には買い物袋を提げていて、なにやら食材を買い込んできたようだ。

「お、お疲れ様！　今、帰り？」

「そ。残業は粗方片づけて、スーパーに寄って帰ってきたの。文乃こそ、もうとっくに部屋にいると思ったのに」

文乃が勝手に彼の部屋に入ることを当然だと思っているような口ぶりに、なんだかこそばゆいような嬉しいような気持ちになって口元が緩む。それをごまかすように、自分のボストンバッグを見せて説明した。

「あ、一回自分の家に行って、必要なもの、取ってきたの」

すると藤平は残念そうに眉を下げる。

「ええ？　もう行ってきちゃったの？　あとで一緒に行こうと思ってたのに」

「えっ……」

「だって僕、まだ文乃の家行ったことないし、行ってみたかったのよ。それにその荷物だって重かったでしょう？　一緒に行けば持ってあげられたのに。ほら、貸しなさい」

言いながらボストンバッグを取ろうと腕を伸ばす藤平に、文乃は慌てて首を振る。

「えっ、大丈夫！　そんなに重くないいし、成海くんの方がたくさん荷物持ってるのに！」

「ばかね、この程度の荷物くらい三つでも四つでも持てるわよ。僕は女の子の君より数倍頑丈にできてるんだから、もっと頼んなさい」

パチン、ときれいなウインクを飛ばして言われ、文乃は呆気に取られた。日本人でこんなに自然な流れでウインクする男性を初めて見た。

ポカンとしている文乃の荷物をサッと奪うと、藤平は鼻歌でも歌い出しそうなほど上機嫌にタッチパネルに触れ、ドアを開く。

「さ、行くわよ」

長い腕に攫われるように腰を抱かれて連れて行かれる。

——一つ一つの動きが、なんかイタリア人!!

あまりにもスマートにエスコートされ、文乃は顔を真っ赤にしながら内心で悶絶していた。

——変な男だけど、そこも好き。

そんな感想を抱いてしまっていて、文乃は自分の恋の病が末期に至っていると自覚した。

藤平は文乃の腰を抱いたまま部屋に着くと、まず玄関で「ただいま」と言って文乃の唇にバードキスをした。

——え？　なに？　あ、挨拶!?　挨拶なの、これ！

ドギマギしながら、とりあえず自分も「た、ただいま……」と呟けば、藤平がにっこりと笑って「おかえり」と答えてくれる。語尾にはきっとハートマークが付いている。

靴を脱ぐと、サッと肌触りの良さそうなルームシューズを出された。

「僕の予備だからちょっと大きいけど。今度文乃用のを買いに行こう」

「あ、ありがとう……」

「ふふ、他にもいっぱい揃えなくちゃね。この際だから、食器なんかはお揃いで買い直してもいいわね」

フンフーンと今度こそ鼻歌を歌いながら、藤平は寝室のドアを開く。八畳ほどある広さの寝室には、セミダブルのベッドと、ローチェストが置かれてある。

いつ見ても美しい部屋だな、と文乃は感心する。ベッドは乱れなく整えられているし、部屋着などが散乱していることもない。藤平は整理整頓が得意な人のようだ。

「文乃、クローゼットもチェストも、文乃の分を空けたから。そこに着替えなんかをしまってね。他にも、脱衣所のチェストや引き出しも空けてあるから、好きに使って。何をどこに置いても構わないから」

「えっ……も、もう!?」

いつそんなことをしている暇があったのだろう。金、土、日、と文乃がここに泊まり、今朝まで一緒にいたというのに。

驚いている文乃の顔を見て言いたいことを察したのか、藤平はキョトンとした顔をした。

「君が寝てる間とかにササッと。僕、あんまり物を持たない人だから、元々そんなに入ってなかったのよ」

——いやあなた、私が寝てる間に料理も洗濯もしてましたよね!?

どんだけ手際が良いの!? 家事上手過ぎか!

藤平の女子力が想像以上に高く、文乃は狼狽してしまう。

どう考えても、自分の方が負けている。

——というか、勝てる気がしない……!

週末に食べさせてもらった手料理は、どれもプロ並みに美味しかった。手が込んでいる料理なのに「ソースとか作り置きしてあるから、かけて混ぜるだけよ」などと微笑んで説明され、「作り置きなんかしたことない……」と思ったのは内緒だ。文乃は料理が下手ではないが、仕事にかまけてほとんど自炊をしない。料理をする時も、カレーや麻婆豆腐といった、市販のルウや素《もと》を使ったものばかりだ。

——ここは呆れられる前に、先に白状しておこう……!

文乃は早々に敗北を認め、腹を括った。

「あの……成海くん……。私、お料理あんまり得意じゃないんだ。迷惑をかけちゃうかも……ごめんね」

文乃の告白に藤平はキョトンとした顔になって、それからブハッと噴き出した。

「そんなこと気にしないでいいわよ！　僕はお料理大好きだし、作ったもの食べてもらって美味しいって言ってもらうのが何よりの喜びなの。だから任せてくれたらありがたいわ」

文乃はホッと胸を撫で下ろす。

「ありがとう。その代わり、洗濯とか掃除は頑張る」

笑ってそう言えば、藤平がじっと真顔でこちらを見つめてくる。

「えっ、な、なに……？」

「ヤダ、文乃の笑顔があんまりかわいいから、ムラムラしてきちゃった……」

「ええっ!?」

「帰って早々だけど、付き合いたてはドーパミン出まくりだもの、しょうがないわよね……？」

よく分からない言い訳をしてそのまま覆い被さってくる藤平に、文乃は目を白黒させながらジリジリと後ずさりをする。

「え、ちょ……」

何がどうしてそうなった！

――今ムラムラする要素あった？

心の中で叫んでいる内に、背中がドン、と壁に付いてしまう。その音を追うようにして、藤平の手が文乃の真横にトンと置かれる。

——か、壁ドン……！

これが……！　と謎の感動をしていると、藤平が片手で眼鏡を外して、胸ポケットにしまっている。長い睫毛の下で、藤平の美しい瞳がギラついた光を宿してこちらを見ていた。

「な、なんで、眼鏡を……？」

「キスするから。そんでもって、その後に抱くから」

「ちょっ……！　イヤイヤイヤ！　待って待って！　帰って来たばっかりじゃない！　手も洗ってないし嗽《うがい》もしてない！　それに、その食材！　冷蔵庫に入れなきゃ！」

週末にさんざん抱かれた記憶がまざまざと蘇り、文乃は焦ってブンブンと頭を横に振る。

その頭を、藤平の大きな手によってガッシと摑んで固定され、強制的に目を合わせられる。眼鏡のない端整な美貌が間近に迫ってきた。

「後でいい」

「よ、良くないわよ！　腐っちゃ……んう！」

反論を叫ぼうとする唇を、藤平のそれが塞いだ。叫ぼうと開いていたので、簡単に侵入されてしまう。

「んっ、うぅ……んんーっ！」

濃厚なキスを受けて気が遠くなりかけながらも、文乃はバシバシと藤平の背中を叩くことで正気を保つ。

一日中働いて汗だくだったし、お腹も空いている。このまま事に及びたくないし、押し切られれば疲れ果ててそのまま眠ってしまう可能性大である。

抱き締めてくる逞しい身体を渾身の力を込めて引き剥がすと、不満そうな顔をする美丈夫を睨み上げ、涙目で叫ぶ。

「私はお風呂にも入りたいし、ご飯も食べたいの！　お腹空いたっ！」


結局、廊下での攻防は文乃が勝利した。

腹が減った、飯を食わせろという恋人の欲求に、おもてなし料理人藤平が動かないわけがない。いそいそと夕飯の支度に取り掛かり、待っている間に風呂に入れと沸かしてくれた。

文乃が風呂から上がってくると、脱衣所にふかふかのバスタオルとバスローブが用意されていた。だがさすがにバスローブを着てご飯を食べたくはない。今度使わせてもらおうと、バスタオルだけ使って、自分の持ってきた部屋着を着る。ドライヤーで髪を乾かしてから、リビングへと向かった。

リビングに入る前からいい匂いが漂っていて、思わずクンクンと鼻を鳴らす。

トマトの匂いだ。あとは、ニンニク。

「美味しそうな匂い！」

ペコペコのお腹をさすりながらドアを開けば、ダイニングテーブルの上には目を瞠るようなご馳走が、所狭しと並んでいた。

「えっ!? なにこれ、すごい!!」

フリルレタス、ルッコラ、スライスオニオンの上に、たっぷりと並べられたプロシュート、湯気の立つ真っ赤なトマトソースがかけられたニョッキ、大きなエビとパプリカのグリル。更にはワインクーラーに赤ワインのボトルが冷やされている。

ここはイタリアンバルか！

とツッコミ（？）を入れたくなるような、完璧なメニューと盛り付けに、文乃はやや茫然とその光景を見下ろした。

「わ、私がお風呂に入っていたの、三十分くらいだよね……？」

たったそれだけの時間でどうしてこんなフルコース並みの料理ができるのか。

――え？ ケータリング頼んだの？

頭の中にクエスチョンマークが飛び交っている文乃に、ギャルソンエプロンをつけた藤平が笑う。その姿を見て、文乃は内心手を合わせて拝んだ。

均整の取れた体軀に長い手足。腕捲りをしたシャツから覗く前腕に浮かぶ筋肉のラインが堪らない。イケメンギャルソン姿ご馳走様です。

「そんなに時間のかからない料理ばっかりなのよ。プロシュートのサラダは並べるだけだし、ニョッキも時間がなかったからズルして乾燥のやつ使ったし。トマトソースは冷凍のがあったから、それにニンニクとブラックオリーブ足して火を通しただけ。エビとパプリカは、切って塩コショウしてニンニクパウダー振ってオリーブオイル垂らしたら、オーブンに入れるだけなの。簡単よ」

「へ、へぇ……」

説明されても全然簡単な気がしないのは、普段料理をしないせいだろうか。文乃の家にはトマトソースもニンニクパウダーもない。オリーブオイルは一度買ったことがあるが、一回使っただけで賞味期限が切れたため、それ以来買うのをやめたのだ。

「さ、あったかい内に食べましょ！」

エプロンを外しながら言い、藤平は文乃の椅子を引いてくれる。自分は反対側に回り、オープナーを使ってワインのコルクを手早く抜き、文乃のグラスに注いだ。それから大きめのプレートに全ての料理をきれいに盛り付けて、文乃の前にトンと置いてから、自分の方に取り掛かる。

それらの所作が無駄なく流れるようで、文乃は半ばうっとりと眺めた。

何事においても、熟練した人の動きは美しい。

藤平は作業を終えると、ようやく自分も椅子に座り、ワイングラスを持って微笑んだ。

「じゃ、僕たちの同棲記念に、乾杯」

文乃は自分も慌ててグラスを取り、彼のグラスと合わせる。チン、と軽い音が鳴った。

「乾杯。お疲れ様。ありがとう、こんなに豪華なお料理」

「全然よ。そんなに大したことしてないし。ホラ、食べてみて！」

ニコニコと勧められ、文乃は一口ワインを飲んでから、プロシュートを箸で摘まんで口に入れる。舌の上にのせた途端、絶妙なしょっぱさと肉の脂の甘味が濃厚に口の中に広がった。

「美味しい！」

文乃の表情に、藤平が嬉しそうに破顔する。

「でしょう？」

ワインともよく合って、文乃は交互に何度も口に入れながら頷いた。

「すっごく美味しい！　プロシュートってしょっぱいだけのイメージだったけど、これは甘くて濃厚なのね」

興奮して感想を述べる文乃に、藤平は「ふふふ」と笑みを零す。

「ここのメッツゲライ、美味しいの揃えてるの。プロシュートも美味しいけど、ソーセージもいいのよ。今度一緒に買いに行きましょう」

提案されて、胸がぎゅうっとなった。

好きな人と、美味しいものを食べながら、ちょっと先の未来の話をする。

その幸福に眩暈がしそうになりながら、文乃は微笑んだ。

「……嬉しい。楽しみ」

文乃の笑顔に、藤平が眩しそうに目を細めて、柔らかく笑う。

「君って本当にかわいいわね」

「えっ？」

脈絡もなく褒められて、文乃は挙動不審になってしまう。あわあわしていると、藤平が呆れたように叱りつけてきた。

「ほら、早く食べちゃって！　じゃないと僕が君を食べられないじゃない！」

「……!?　……!?」

その夜も、もちろん美味しくいただかれたのは、言うまでもない。

＊・＊・＊

「池松縄さんって彼氏いるんですか？」

かわいらしい声で訊ねられ、文乃は資料から顔を上げた。

目の前には、丸顔の優しげな美人がニコニコしながら立っている。

うーん、と小さく唸って、文乃は苦い笑みを浮かべた。

――困った。

目の前の女性は、この間社長が連れてきた、中途採用の新人社員だ。目下のところ社長のお気に入りで、恐らく愛人の一人――と思われる女性。

OJT指導者に任命され、しぶしぶ彼女を教育していた文乃である。

社長の愛人の社員教育など、トラブルの予感しかしない。いつどこで地雷を踏みつけてしまうか、これから戦々恐々とした日々を送る羽目になるだろう。

面倒なことになったなと頭を抱えたものの、意外なことに彼女は悪い人ではなかった。

それどころか、穏やかで人当たりが良く、丁寧で挨拶のできる常識人だったのだ。

仕事に対しても真面目に取り組み、物覚えも早い。覚えたことを実践し、応用もできる頭の良い人だということがすぐに知れた。

――ちゃんと仕事のできる人材だ。

社長の愛人がお遊びで入社したのだとばかり思っていた文乃は、自分の偏見を反省し、すぐに真面目に指導に取り組むことにした。

指導を始めて一週間ほど経つが、そろそろ一度外回りに連れて行ってもいいかもしれないと思い始めていた。営業は顔を覚えてもらってナンボ。まだ使い物になるとは思っていないが、これからこの会社で働く以上、取引先や関連企業に早く顔を出しておいて損はないだろう。

そんなわけで、彼女とは最近一緒にいることが多いわけだが、少し天然なところがあって、突然脈絡のない話題を吹っかけてくることがあるのだ。

——ちょうど、今のように。

「えっと、あのね、本仁さん。今、明日から回る取引先と、請け負っている仕事の内容を説明しているところなんだけど……」

文乃はできるだけ優しい声で注意する。文乃は後輩を褒めて伸ばすタイプだが、今のは少々いただけないだろう。仕事——しかも教えられている最中に、指導者に向かってする質問ではないことは確かだ。

文乃の注意に、新人の本仁はコテリと首を傾げる。

「はい。でも、ちょっと疲れてしまって。少し休憩を挟んでほしいです」

——えっと、今の子って、指導者に休憩を要望しちゃうの？　こんな直球で？

自分とそんなに年は変わらないように見えるのだが、と戸惑いながら腕時計を確認する。時計の針は正午少し前を差していた。

「……そうね。もうこんな時間か。じゃあ、とりあえずここまでにしましょう。あとはお昼休憩を挟んでからね」

溜息を吐いて資料をバインダーにしまっていると、本仁に腕を掴まれて顔を上げる。強い力ではないが、腕を掴まれる意味が分からず、眉根が寄ってしまった。

本仁はまったく悪びれない顔で、相変わらず少し首を傾げている。

——悪い人じゃないんだけど、なんか、ちょっと扱いにくいのよねぇ……。

何を考えているか分からない感じが、とてもやりづらいのだ。

「えっと、本仁さん、何かしら？」

「彼氏、いるんですか？」

——その話題か。

確かに答えていなかったなと思いつつ、どう答えたものかと思案する。

彼女は、推測だが、社長の愛人だ。彼女に恋人ができたことを言えば、十中八九社長に伝わってしまう。

社長は文乃を愛人にしようと目論んでいた時期があり、要するにそういう対象として文乃を見ている。

——私に彼氏ができたって知ったら、また嫌がらせが増えるんじゃないかしら……。

文乃の懸念はそこにある。

普通だったら、「彼氏ができた」ということがセクハラの抑制になるのではと思うが、あの社長である。常識は通用しないし、この会社において自分はどんなことをしても許されると思っている節がある。

気に喰わないという理由で、またどんなセクハラをされるか分からない。

そう思うと、本仁に言うのは躊躇われた。

「ごめんなさい。私、会社の人にプライベートを喋るの、あまり好きじゃないの」

嫌みにならないよう、顔の前で軽く手を合わせて言えば、本仁がニコ、と笑った。

「あ、じゃあいるんですね」

「――はい？」

彼女の言っている意味が分からず、思い切り怪訝な顔になってしまう。

そんな文乃に、本仁はニヤリと意味深な笑みを浮かべた。

「だって、私、池松縄さんにはずっと彼氏がいないって、社長に聞いてたんです。念のために他の社員さんに確かめても、皆、社長と同じことを言ってました。ってことは、これまで池松縄さんは別段プライベートを隠してなかったってことです。で、今私に『彼氏いるか』って訊かれて、プライベートを喋りたくないって答えましたよね。ってことは、以前と状況が変わったから、言いたくないって可能性が高いかなって。違います？」

スラスラと水が流れるように説明する本仁を、文乃は唖然として見つめる。

――『社長に聞いた』とか、『他の社員に確かめた』とか……私の知らない所で、私のことを訊き回られていた？

ゾッとするものがあり、文乃はじり、と一歩後ずさる。

文乃の顔色が変わったのを見て、本仁は慌てて両手を突き出して振ってみせる。

「あ、すみません！　私、大学で心理学を勉強したもので！　つい人の行動の動機とか裏とか読んじゃうんです！　あと、推理小説ファンなんですよね。でも、それだけなんで、怖がらないでください！」

そうは言われても、と警戒していると、本仁がしゅんと顔を俯けた。

「池松縄さん、すごく素敵な女性だから……彼氏いないのか、興味があって。もしいるんだったら、相談に乗ってもらいたいなって……」

「相談？」

その単語に、彼女が社長の愛人であることを思い出す。

——社長との関係は、不倫だものね……きっと辛い恋をしているのね。

あんな男のどこが良いのかはサッパリ分からないが、〝蓼《たで》食う虫も好き好き〟という諺がある。もしかしたら文乃だって、そう言われているかもしれないのだ。

——まあ、成海くんの場合は蓼じゃないと思うけど……。

なにしろモテ過ぎて困っている人なのだから。それはそれで非常に問題が多いと思うが、この際おいておこう。

あの社長に日陰の女にされているのだと思うと、本仁が気の毒に思えた。

「あの、本仁さん。私で良ければ、話だけでも聞くわよ……？」

相談に乗って、できればあの社長ではなく、ちゃんと恋人として扱ってくれる男性を探した方がいいとアドバイスしよう。

そう思って申し出れば、本仁はパッと顔を上げた。

「本当ですか!?　嬉しいです！」

はしゃぐような明るい表情に、本当に悩んでいるんだろうかと疑問が湧いてくる。

――ちょっと失敗したかも……？

世間ではこれを、〝後の祭り〟と言う。こうしてこの日、文乃は苦手な後輩である本仁とお昼ご飯を食べる羽目になったのである。

人に聞かれるのは嫌だろうと気を回し、文乃は使っていない会議室を借りて、そこで昼食をとることにした。

本仁は菓子パンを持ってきていたので、給湯室でコーヒーを二人分淹れてきて、長机の前に置く。パイプ椅子を並べて隣に座ると、本仁がコーヒーのカップを手に取り、匂いを嗅いだ。

「いい匂い！　ありがとうございます～！」

「いえいえ」

ニコニコと礼を言う本仁にクスリと笑みが漏れた。天然だが、挨拶がちゃんとできる人なのだ。

「いただきます！」

手を合わせて言ってから、パンの袋を開ける本仁を横目に、文乃も持ってきていたお弁当箱を開ける。無論、藤平のお手製弁当だ。

同棲を始めて以来、藤平は文乃の食事を三食必ず作ってくれている。

さすがに申し訳なくて、そこまで世話を焼いてくれなくてもいいと言ったが、「どうせ僕の分を作るんだから一緒よ」と言われてしまえば、断る理由がない。そして藤平のご飯はとても美味しい。その上野菜多めで、栄養バランスも抜群に良い。藤平の手料理を食べるようになって、体調が良いし、肌荒れがなくなった。まさに良いこと尽くしなのだ。

――わ、オムライスだ！

お弁当の中身を見て、文乃は顔を輝かせる。オムライスは文乃の好物だ。

炭水化物ばかりになりがちなメニューだが、そこは藤平シェフ、オムライスのチキンライスは、チキンだけではなく、エビに三色のパプリカにアスパラ、ピーマン、マッシュルームにカシューナッツと、かなりの具沢山だ。摑ってもポロポロと落ちない大きさにちゃんと切ってあって、口の中に入れるといろんな食感が楽しめる。

彩《いろどり》として、ブロッコリーとミニトマト、そしてサニーレタスが飾られていて、玉子の黄色と合わさって、見た目も非常に美しい芸術作品のようなお弁当である。

嬉しくなってスマホで写真を撮っていると、横から本仁が声を上げた。

「うわぁ、池松縄さんのお弁当、彼氏のお手製ですか？」

いきなり〝彼氏のお手製〟と見抜かれて、ギョッとした。

「な、なんで!?」

「え？　だって自分で作っていたら、作った時に写真撮りません？　だから池松縄さんが自分で作ったわけじゃないんだなって。写真撮る時、妙に嬉しそうだし。あ、じゃあ彼氏だなって」

――この子、異様に頭がキレるんだわ……！

何気なく観察されていて、おまけに観察眼が鋭過ぎる。推理小説好きというのは、伊達《だて》ではないのだろう。

本仁はギラリとした視線で文乃を見た。

「美味しそうですねぇ！　ちょっともらってもいいですか？」

「ど、どうぞ……。あ、これ、スプーン、使って……？」

「ありがとうございます！」

元気良く言って、本仁は渡したスプーンで豪快に半分ほどのオムライスを掬って、ビックリするような大口を開けて頬張った。

「えっ……！」

目が点になるとはこのことだろうか。

——あなたのちょっとはどんだけよ!?

いくら女性用のお弁当箱だからといって、オムライスの半分の量を一口で食べたのだ。

しかも、他人の弁当である。遠慮会釈もないとはこういうことを言うのだろう。

かわいらしい見た目とのギャップがあり過ぎる奇行に、文乃は絶句してしまった。

モリモリとハムスターのようなほっぺたで咀嚼する本仁が、もはや宇宙人にしか見えなくなってきた。

ごっくん、と盛大に喉を動かして飲み込んでから、本仁は自分のパンを指差した。

「あ、池松縄さんも、私のパン、半分あげましょうか?」

「……要らないわ……」

返事がムスッとなってしまったが、無理からぬことだろう。

——ああ、成海くんが作ってくれたオムライス……!

半分になってしまった昼食を嘆きながら、これ以上この宇宙人に食べられてしまわぬよう、急いで残りを口の中に放り込む。

そんな文乃の横で、本仁は満足げにパンを齧《かじ》りつつ、のんびりとした声で言った。

「いいですねぇ、料理上手な彼氏さんとか!　私の好きな人も、料理すっごく上手なんですよ!」

その言葉に、文乃は一瞬動きを止める。

――ん？　社長って料理したかしら？

社長が料理をするなんて話は聞いたことがない。あの社長なら、料理をしたとなれば派手に吹聴しそうだ。「この間俺カラスミのパスタ作っちゃってさ～！　我ながらすっげぇ美味かったのよ～！」などと自慢げに喋る姿が容易に想像できる。

――でも、会社では見せない一面だってあるだろうし！

しかも本仁は恋人なのだ。恋人限定で見せる顔はいくらだってあるだろう。社長に関しては、本仁の方が詳しいに決まっている。

「彼はパエリアが得意なんです！　池松縄さんは？　パエリア作ってもらったことあります？」

「え？　パエリアはないわね……」

出し抜けの質問に、文乃は思考を切り替えながら首を振る。

藤平がパエリアを作ったことはまだない。

すると本仁がクスッとほくそ笑んだ。

「あ、そうなんですか～！　残念ですねぇ」

――ん？

本仁の醸し出す雰囲気からの違和感に、文乃は首を傾げたくなった。

——えっと、これは……もしかして、マウンティング、なの……？

だがパエリアを彼氏に作ってもらったことがあるかないかが、マウンティングになるような内容だろうか？

しかし本仁にとってはかなりの優越感を抱ける内容だったようで、それから明らかに上機嫌になって鼻歌まで歌っている。

——よ、よく、分かんないわ……。

やはり苦手な人だと改めて実感していると、本仁が語り出した。

「私、好きな人を取り戻したいんですけど、どうしたらいいですかね？」

「と、取り戻す……？」

社長とは昔からの付き合いということだろうか。確かに女癖の悪い人だから、現在の奥様の前に付き合っていた女性は山のようにいただろうし、不思議ではない。

——本仁さんから社長を略奪したのが今の奥様で、本仁さんは奥様から取り返そうとしている……略奪の略奪愛……。

なんだか複雑である。だが、文乃の中では、不倫という関係は絶対的に良くないことで、意見としては、反対の一択だ。

「あの、取り戻すって言っても、もう今はパートナーがいらっしゃるでしょう？　それを覆すのは、いろんな人を傷つけるし、あなた自身も傷つくわ。そんなことしなくても、あなただけを見てくれる人がちゃんと……」

不倫をやめる方向へ話を持っていこうとした文乃は、途中で言葉を切った。

本仁が「ハッ」とせせら笑ったからだ。

その笑い方に妙な迫力があって、気圧されてしまったのだ。

本仁は文乃を冷たい目でねめつけていた。ゴミでも見るかのようなその顔は、愛らしい普段の本仁とは、まるで別人に見える。

蛇《へび》に睨まれた蛙《かえる》のように、その冷たい目から視線を外せなくなった文乃は、ゴクリと喉を鳴らした。

「誰が傷ついたって構わないわ。あの人が私の所に帰って来てくれるなら」

とても低い声色で言い捨てて、本仁はパッと表情を変えた。

にこ、といつもの人好きのする笑顔に戻り、肩を竦めて首を傾げる。

「なんか、ごめんなさい！　池松縄さんとは、ちょっと考え方が違うのかも！　相談に乗ってくださいって言っておきながら、結局自分の言いたいことだけ言っちゃう形になっちゃって！　本当にすみません！」

その台詞に、金縛りが解けたように肺から息を吐き出して、文乃は小さく首を振った。

「……いいの。気にしないで。私こそ、力になれなくてごめんなさいね」

社交辞令の言葉を絞り出しながら、文乃は本仁から目を逸らしてオムライスを口に運ぶ。

美味しいはずの恋人の手料理なのに、味が分からなくなってしまった。

「あ、そういえば、初めて会社でお会いした日、池松縄さんどこかへランチに行かれましたよね？　いい加減、コンビニ弁当やパンに飽きちゃって、どこか食べに出たいと思ってるんですが、私この辺詳しくなくて。良かったらその店、教えてもらえませんか？」

「あ、ええ……。えっと、ローストビーフ丼が美味しいお店なんだけど……このビルを出て真っ直ぐ行くと、交差点に出るでしょう？　そこを……」

世間話をし始める本仁に答えながら、文乃はもう二度とこの宇宙人と仕事以外で関わるのはやめようと心に誓う。

人は千差万別。きっとどうにも合わない人間というのも、世の中には存在するのだ。

＊・＊・＊

その日は散々だった。

ランチ休憩の時の本仁の件で精神的にやられてしまったのか、小さなミスを二件もやらかしてしまった上、タイミング悪く社長に見つかった。当たり前のようにしこたま嫌みを言われ、更に精神力を削《けず》られたのだ。

——でも、ミスをしたのは私なんだから……。

そう思うことで、グッといろんな負の感情をやり過ごした結果、終業時間にはグッタリとしてしまっていた。

――うう、成海くんに会いたい……！

落ち込んでいる時に思い浮かべるのは、やはり恋人の顔だ。

家に帰れば会えると分かっていても、こんな時は一分でも一秒でも早く顔が見たいと思ってしまう。

同僚たちに挨拶をし、会社のフロアを出て、ヘロヘロとした足取りでビルのエントランスを歩いていた時、声が聞こえた。

「文乃！」

――あれ。私、会いたいと思い過ぎて、幻聴が聞こえてる……。

ここに藤平がいるはずがない。藤平は七駅も離れた会計事務所で、まだ仕事をしているはずだ。今日も残業になりそうだと、昨日言っていたのだから。

そう分かっていても声のした方へ反射的に顔を向けると、そこには颯爽とこちらへ向かって歩いてくる藤平の姿があった。

「あ、やば……私、幻覚まで見ちゃってる……」

かなり末期症状だ、と自嘲を漏らすと、その言葉に応えるように藤平が笑った。

「幻覚？　どうしたの、文乃。疲れちゃったの？」

優しい口調で言いながら、藤平の幻覚が長い指で文乃の頬をプニと摘まむ。

「え……成海くん、本物?」

「なぁに? 僕の偽者に会ったの?」

文乃の頓珍漢《とんちんかん》な台詞にも、藤平は優しく笑うばかりだ。

「いやいやいや! どうしてここに!? 成海くん、今日残業だって言ってなかった?」

「残業してたら文乃に会う時間が遅くなっちゃうでしょ。だから家でできる仕事を持ち帰って来たの。そしたら文乃と過ごしながら仕事ができるじゃない?」

名案でしょ? とウインクされ、文乃は狼狽する。

藤平に早く会えたのは死ぬほど嬉しいが、仕事の邪魔にはなりたくない。

「そ、そんな……無理してほしくないよ……!」

あわわ、と眉を下げると、藤平はクスッと笑ってピンと文乃のおでこを弾いた。

「ばっかねぇ。文乃に会えない方が無理なのよ。今だって、家まで待てずに、反対方向のここまで迎えに来ちゃってるくらいよ? 別に文乃のためにやってるんじゃなくて、僕が自分のためにやってることなんだから」

そんなふうに言われたら、ありがとうとしか言えなくなる。

文乃はふにゃりと顔を緩ませて、藤平の腕に巻きついた。

「ふふ、僕の彼女、かわいい! さ、他人様の前でバカップルを披露するのはここまで。

家に帰って思う存分イチャコラするわよ！」

言われて、文乃はようやくここが会社のエントランスだということに思い至った。

――ひえええええ！　誰かに見られていたらどうしよう！

社長に見られていたら、と思いかけて、藤平の顔を見上げる。

「ん？」

藤平は視線を感じたのか、こちらを見下ろしてニコリと笑いかけてくれる。自分の傍に彼が立っていてくれることが、こんなにも嬉しくて幸せなのに。

――どうして、隠さなきゃいけないの？

不意に理不尽さを覚えて、文乃は背筋を伸ばした。

社長の嫌がらせが怖いからって、藤平との関係を隠す理由にはならない。どうしてそんな道理に合わないことを我慢しているのだろう。

「成海くん、愛してる！」

文乃はハッキリとした声で告げた。

近くにいた人が、驚いたようにこちらを見たのが視界を過ったが、それがどうした、という気分だった。

告白された当人である藤平は、一瞬驚いたように目を丸くしたけれど、すぐに弾けるような声で笑った。

「僕もだよ！　愛してる、文乃！」

文乃は自分の胸が膨らんで、破裂してしまうような感覚に陥《おちい》る。

——ああ、嬉しい！

周囲から見ればばかみたいなやり取りが、目が眩むほど幸せだ。

周りから呆れられてしまうようなイチャイチャしたやり取りも、藤平の周りだけキラキラと輝いて見えるのも、全部恋という病の症状だ。

分かっていても、だからなんだと思ってしまう。

病上等。世の中は、幸せになったもんが勝ちだ。

一年の中で、最も昼が長い時期である今、外はまだ昼間と変わらないくらい明るい。

青い空には白い雲が浮かんでいて、その白さにほんの少し橙が滲んでいるのが、唯一の夜の兆しだ。

家路を急ぐ人たちが足早に駅へと吸い込まれていくのを見ながら、藤平と文乃は手を繋いでゆっくりと歩いていた。

「私、今日会社でいろいろあって……ううん、本当は、ずっとずっと、いろいろあったのを、我慢し続けてて、もう、すっごく疲れてたの」

ぽつぽつと話せば、藤平は心配そうに眉根を寄せた。

「大丈夫？」

「うん。さっき、会社のエントランスで成海くんの顔見たら、いろいろ気が重いなって思ってたことが、全部ばかばかしくなっちゃった。だからね、我慢するの、もうやめようと思う」

今思えば、あれだけのセクハラやパワハラをされながらも、あの会社に居続けていたのは、いつか我慢が報われる時が来るのではないかと、心のどこかで期待していたからだ。

自分が受けた理不尽が、理不尽であったのだと認められ、謝罪される——そんなふうな、正当で真っ当だと自分が思い描くことが、現実に起こるのではないかと。

それは言い換えれば、文乃の願望だ。

自分の主張を認めてほしい、認められるべきだという切望。

文乃はそれが正しいと思う。だがそこに、利己的なものは何もないのかと問われれば、ほとんどが自分のための主張でしかないのだ。

きっと社長には社長なりの主張があるのだろう。

文乃の主張と社長の主張は交わる点などどこにもない。歩み寄ることなど不可能だろう。互いに互いを理不尽だ、不当だと言うのであれば、今のこの世の中で理不尽を理不尽だと証明するには、法律を味方に付けるのが手っ取り早い。

文乃の場合、法律は文乃の味方をするだろう。桜子からもらったあのボイスレコーダーは、本当に役に立ってくれたから、証拠はばっちりだ。

それだけ社長の言動は、世の中の常識と呼ばれる善性から逸脱していた。

裁判になれば、間違いなく勝てる。

——でも、それが私の望んでいるものなのかしら。

やり込めたいとか、こちらの正当性を認めさせたいという気持ちはある。

だが、弁護士に依頼し、裁判をするとなれば、お金も時間も労力も、そして精神力も膨大に必要となるだろう。

——社長をやり込めるために、それだけの自分のパワーを使うの……？

もったいない、と思ってしまうのだ。正直、あんなクソ社長にはもうこれ以上自分の時間も労力も与えたくない。

だったら、もう我慢なんかせず、自分のやりたいようにやって、言いたいことを言って、向こうがキレたら辞めればいい。

もしかしたら、社長が深く反省し、謝ってくれるかもしれない。

——ま、多分、あり得ない話だけどね。

「私、成海くんに出会う前まで、誰かを好きになったことがなくて、どこか、一人で生きてるつもりだったのよ。でも現実にはそんなことはできやしなくて、大学生とか、どこかの会社員とか、そういう分かりやすい指標を自分のアイデンティティ代わりにして生きてた。だから、その会社員っていう偽物のアイデンティティを失うのが怖くて、理不尽に甘んじてたの」

藤平は黙って文乃の話に耳を傾けてくれている。ちゃんと聞いてくれていると分かるのは、彼が繋いだ手にギュッと力を込めてくれたからだ。その力強い温もりに励まされ、文乃は考え考え、ゆっくりと言葉を紡いでいく。

「でもね。自分に彼氏ができたことを会社の人に知られたら、また嫌みとか嫌がらせをされるかも、隠さなきゃ、って思った瞬間、すっごく嫌だって思っちゃって。だって、成海くんと出会えて、こうして一緒にいられて、私はこんなに幸せなのに！　どうしてそれをコソコソしなきゃいけないの？　何も悪いことなんかしてない。っていうか、会社の人たちに、なんの関係もないのに！　……これって、正気に返ったって言うのかな」

そこまで黙って聞いていた藤平が、立ち止まって文乃の顔を覗き込んだ。

藤平は、少し驚いたような表情をしていた。

「……僕と一緒にいて、正気に返った？」

今自分が言った言葉を鸚鵡《おうむ》返しされ、文乃はコクリと頷く。

「うん」

「……そっか」

一拍の間を置いて相槌を打った藤平は、ふふ、と小さく笑って、歩みを再開した。

「だから、もう理不尽を我慢するの、全部やめる。会社に固執してたから、いろんなことが分かんなくなっちゃってた。成海くんがいてくれたから、私、分からなくなってたことに気がつけた。好きな人が……自分が大切にしたいものができたからだと思う。ありがとう」

隣を歩く長身を見上げて言えば、藤平は柔らかい微笑みを浮かべてこちらを見返してくれた。

「どういたしまして、でいいのかしら。僕の方こそ、ありがとうって言いたいくらいなんだけど」

「えっ？　どうして〝ありがとう〟？」

「だって、僕を大切にしたいんでしょう？　ふふ、そんなこと言われたの、初めてだわ。すごく嬉しい。ありがとう、文乃」

そう言われてみると、我ながらすごい台詞だったなと顔が赤くなる。

リンゴのようになった文乃を見て、藤平はクスクスと笑って言った。

「僕も君を大切にしたいと思ってる。大事に大事にして、真綿でグルグル巻きにしてウチのクローゼットにしまっておきたいくらい！」

「なにそれ！」

藤平の冗談に噴き出して、二人は顔を見合わせて笑い合う。

家まではまだ遠い。

家路を急いで早く抱き合いたいような、ずっとこの生温い空気に浸っていたいような、不可思議な気持ちで、文乃は一瞬目を閉じる。

見えなくても、手を繋いだ藤平が導いてくれる。その安心感が、泣きたいくらい嬉しかった。

早い夏の夕暮れは、二人の上に、ゆっくりと穏やかに訪れ始めていた。

＊・＊・＊

シャワーを浴びて寝室へ行けば、文乃はぐっすりと眠っていた。

情事の後、一緒にシャワーを浴びようと言ったけれど、もう無理だとベッドに突っ伏すので、藤平は仕方なく自分だけ浴びに行ったのだ。

疲れたと言っていたし、自分にさんざん貪られた後だ。朝まで起きることはないだろう。

彼女が一度眠ってしまえば、物音程度では起きない性質だと、この数週間で学んでいた。

眠る文乃の頬を指でなぞってから、藤平は新しいシーツと蒸しタオルを用意しに寝室を出る。

タオルを濡らして絞り、電子レンジにかけてから、サンルームに干してある洗ったシーツを取った。最近は毎晩シーツを洗っているので、ほぼローテーションだ。

電子レンジから熱くなったタオルを取り出し、冷ますためにポンポンと手で弾ませながら寝室へ向かう。

「文乃、身体を拭くよ」

眠ったままだと分かっていたが、一応声をかけてから、彼女の身体を清拭《せいしき》していく。どうせ明日の朝シャワーを浴びるのだろうが、眠っている間も清潔にしておいた方がいいに決まっている。

彼女の柔らかでしなやかな身体を拭うのは、とても楽しい。真っ白な肌に、自分のつけたキスマークが残っているのを確認するのが、また堪らない。藤平の密かな楽しみなのだ。

「よし、終わり」

清拭を終え、彼女が寒くないようにパジャマを着せた後、ベッドのシーツを交換する。ベッドに文乃を寝かしたまま替えるのだが、コツを掴んでしまえば簡単だ。

情事の後のひと仕事を済ませると、藤平は文乃の唇にバードキスを落としてから、再び寝室を出る。

「さてと……」

取り出したのは、スマホだ。

画面に浮かび出る時刻は二十三時。電話をかけるには非常識とされる時間帯だが、背に腹は代えられない。

夕方、文乃に聞いた話から推察するに、彼女は会社で嫌がらせに遭っているようだ。しかも、長期間に亘《わた》って。

——誰が、僕の文乃にそんなことを。

聞きながら腸《はらわた》が煮えくり返るかと思った。

今すぐ引きずり出して、社会的に抹殺したいという狂暴な感情が湧き起こったが、当の文乃が踏ん切りがついたという清々しい顔をしていたので、それをグッと堪えて、黙ったまま彼女の話を聞くに留めたのだ。

だが、このままにしておくわけにはいかない。

——まずは、情報収集だ。

文乃の親友である桜子ならば、何か詳しい話を聞いているのではないか。

そう思い、桜子へ電話することを決めていた。

もっと早くに文乃を寝かせてしまいたかったのだが、抱いてしまえば箍が外れて、ついじっくりねっとり何度も挑んでしまって、結局こんな時間になってしまったというわけだ。

桜子の番号に電話をかけると、数コールで出てくれた。

『はい』

だが、その声は低い男性のものだった。しかも、分かりやすく不機嫌な声色だ。

「……あの、柳吾さんですね？」

こんな時間に桜子の電話に出られる男性となれば、一人しかいないだろう。

『そうだな。こんな夜更けに婦女子に電話をかけてくる不届き者は、藤平くんで合っているかな？』

丁寧な嫌みに、苦笑が漏れる。

「夜分にすみません。大正桜子と、どうしても話したいことがあって……」

『文乃さんのことかい？』

自分と文乃が付き合い出したことは、桜子から聞いて知っているのだろう。すぐさまその名が出るのも分かる。だが、その口調に含むものがある気がして、藤平は更に付け足す。

「はい。彼女は詳しく言わないのですが、もしかして、会社で理不尽な扱いを受けているのではないかと思い至ることがあって。彼女の親友である大正桜子なら、何か知っているんじゃないかと……」

藤平の言葉に切羽詰まるものを感じたのだろう。それまでむっつりとした口調だった柳吾が、しばらくの沈黙の後、普段の柔らかな口調に変えて答えた。

『少し待ちたまえ。桜子が今風呂から上がる』

「ありがとうございます！」

それから程なくして桜子が受話口に出てくれる。

『もしもし、藤平？　待たせてごめんね。柳吾さんから話聞いた。文乃ちゃん、なんにもいたけど、詳しい状況が分からないから、支えようがないのよ」

言ってないの？』

珍しく間延びした雰囲気ではない桜子に、藤平はやはり何かあるのだと確信した。

「ぼんやりと、ずっと我慢してたってことだけ。これからはもう我慢しないって言っては

状況を説明すれば、電話の向こうで桜子が「はは」と吐息のように笑う。

『あー……なんかもう、らしいって言うか。文乃ちゃんって、わりと頭の中でごちゃご

ちゃ考えて屁理屈で自分を納得させて、現状を呑み込もうとする癖があるから。結果、彼

女だけが耐え忍ぶみたいな結果になりがちなんだよ。見てて危ういから、ホント心配で』

その通りだな、と藤平も頷いた。さすが、文乃の親友というだけあって、彼女のことを

よく分かっている。

だが女性で親友とはいえ、文乃のことをさも分かってますといった具合に他人に語られ

るのは、少々気に障る。——今は言うべき時ではないから言わないが。

「じゃあ、会社で文乃が耐え忍ばなきゃならない事態だってことね？」

『うーん。文乃ちゃんが言わないのに、私が言うのは気が引けるんだけど。でも、これは

私の独断で、あんたも知っておいた方がいいと思うから言うよ。あのね……』

そこで聞いた内容は、藤平を激怒させるに十分なものだった。

文乃の働いている会社の社長が、入社当初から文乃にセクシャルハラスメントをしてい

たということ。誘いを断った文乃を目の敵にして今度はパワーハラスメントまで始めたということ。セクハラ、パワハラの内容は、桜子もいくつかしか知らないらしいが、実際にはきっともっとあるだろうと言っていた。

『文乃ちゃんは、呑み込んじゃうから。呑み込み切れずに、私に吐き出してる時点で、相当ストレスを溜め込んでるはずだよ』

痛ましげな声で桜子が言った。

「……なんて奴だ……！　クソ、絶対に許さない……！　ぶん殴ってやりたい！」

怒りにオネエ口調になることも忘れ、呻くように言った藤平に、桜子が溜息を吐く。

『そうじゃないよ、藤平。あんたの役目は文乃ちゃんの会社の社長をやっつけることじゃなくて、文乃ちゃんを守ることだよ』

桜子の助言に、歯噛みする思いだったが、頷いた。理屈では分かる。その社長とやらを藤平がぶん殴れば、藤平が傷害罪で捕まるだけだ。そうなれば文乃が泣く。分かっているのに、腹の中で蜷局《とぐろ》を巻くマグマのように煮えた怒りが治まろうとしない。

「くそ……！」

もう一度悪態を吐く藤平に、桜子が祈るような声で言った。

『頼むよ、藤平。文乃ちゃんを守って』

桜子の言葉で、燃え滾っていた怒りの炎が、形を変えた。

カチリとピースが嵌まった、という感覚に近い。

〝守る〟

——そう、守ればいいのだ。

「——当たり前よ。絶対に守るわ。もう誰にも傷つけさせやしない」

藤平の不敵な物言いに、電話口で桜子が笑う。

『頼もしいね。ああ、私も肩の荷が下りた感じ。何か私にできることがあったら、また言って。文乃ちゃんのことだもん、力になりたいから』

「ありがとう。その時は、またお願いするわ」

礼を言って、藤平は通話を切った。

スマホをソファの上に投げると、寝室へと向かう。

ベッドサイドの間接照明だけがうっすらと部屋を照らす中、文乃はシーツに包まるようにして眠っている。

ほっそりと嫋やかなその身で、どうして一人理不尽に耐えてこられたのか。

もっと早くに知っていれば、君のためにできることはたくさんあっただろうに。

だが、彼女は言ってくれたのだ。

『成海くんがいてくれたから、私、分からなくなってたことに気がつけた。好きな人が……自分が大切にしたいものができたからだと思う。ありがとう』

彼女が負の連鎖を断ち切る覚悟をするきっかけになれたというなら、それでいい。過去を悔いたところで何も変わらないのだから。

——だが、これからは違う。

藤平は、文乃の長い髪を手で何度も梳いた。サラサラとした直毛は、藤平の指の間を砂のように呆気なく流れ落ちていく。

「……君を大切にする。君を守るよ、絶対に」

熱く強い誓いは、けれど囁くようにそっと落とされ、誰にも聞かれないまま、静かな寝室の空気に霧散した。

# 第五章　絶体絶命《ぜったいぜつめい》

藤平成海宅の朝食もファビュラスである。

テーブルの上は、もはや高級ホテルのビュッフェのような様相を呈している。

セルリアンブルーのランチョンマットに、磨かれたカトラリー。食器類は白で統一されていて、それだけでおもてなし感が満載である。

テーブルの中央の籠の中には焼き立てのバゲットが入れられ、発酵バターと明太子を合わせたディップが添えられている。ちなみにバゲットは、早朝にジョギングをするのが日課の藤平が、途中にあるブーランジェリーで買ってきたものだ。

真っ白なスクエアディッシュの上で湯気を立てているのは、とろとろのスクランブルエッグで、付け合わせのパプリカとブロッコリーが彩り鮮やかだ。脇に乗せられたセロリとニンジンのマリネには挽きたての黒コショウがかけられている。

デザートは蜂蜜のたっぷりかかったカマンベールチーズ、そして大粒のシャインマスカットが美しいグラスに盛られている。今日も朝から満腹をお約束、な食卓である。

だが起き抜けはあまり頭が働かない文乃は、ファビュラスな朝食には手を付けず、ボーッとしながら冷たいオレンジジュースをちびちびと飲んでいた。

「文乃、ちょっと熱があるんじゃない？」

朝食を食べている時に、熱いコーヒーを手にした藤平が、眉を寄せて言った。

あまり頭が働いていないせいか、彼が何を言ったのかを理解するまでに間があった。

「……へ？」

ポカンとする文乃に、大きな手が伸びてくる。温かい掌がヒタリと自分の額に当てられ、その感触の心地好さに、反射的に目を閉じてうっとりとしてしまう。人に触られるのがあまり得意ではないのだが、藤平にならどこをどれだけ触られても気持ちいい。

そんな間の抜けたことを考えていたせいか、藤平の発言に反応するのが遅くなってしまった。

「やっぱり熱があるわ！　体温計でちゃんと測ってみなさい！」

「……えぇっと？」

瞼を開いてみると、険しい顔をした藤平が、どこからか取ってきた体温計を差し出していた。眼鏡の奥のきれいな目が「さぁ、取れ！」とじっとこちらを睨んでいる。

一応受け取ったものの、文乃は小さく首を捻った。

「あの、でも、具合、全然悪くないのよ？」

朝なので少々ボケーッとしていただけで、体調は普通だ。いつもとなんら変わりない。

だからこそ、藤平の指摘にポカンとしてしまったのだ。

だが藤平は文乃の主張を、顎を上げる仕草だけで一蹴し、無言で体温計を指さした。

仕方なく、文乃は体温計を腋に挟もうとする。

「あら、ダメよ！　舌の裏で測りなさい！　体温ってのは深部温度のことなんだから、腋だとちゃんと測れないわ」

いきなりダメ出しをされ、文乃は驚いて体温計を取り落としそうになった。藤平は彼女の手から体温計を取ると、除菌用のウエットティッシュでサッと消毒する。

「そうなの？　知らなかった」

「腋で体温を測るのはわりと難しいのよ。ちゃんと奥まで入れればいいんだけど、皆浅い所で測っちゃうから、低く出ちゃうの。舌下の方がまだ正確に測れるわ」

「へぇー」

「本当なら直腸がベストなんでしょうけど、朝からちょっとハードよね」

いや朝とかそういう問題じゃない。何時であってもハードだからそういう発言は心の中にしまっておいてほしい。

白目を剝きかけている文乃に、藤平がにっこりと微笑んで手を差し出した。

「でも文乃がそっちの方がいいなら構わないわよ。さ、おいで。測ってあげる」

「あ、舌下で大丈夫です」

にっこりと微笑みを返して、文乃は藤平の持つ体温計をひったくる。

最近気づいたのだが、藤平はこの紳士な見た目でかなり明け透けな性格だ。欲望や欲求に忠実でそれを隠さない。もちろん、恋人に対してだけなのだろうが、恋愛初心者の文乃は振り回されてばかりである。

「遠慮しなくていいのに。僕、文乃の全部を愛してるから、お尻も舐め……」

あまりに過激な発言に、文乃は顔を真っ赤にして彼の口を塞ぐ。勢いよく立ち上がったので、椅子が大きな音を立てて引っ繰り返ってしまった。

「何言ってるの！」

狼狽している文乃とは裏腹に、藤平は彼女の手首を摑んでニヤリと目元を綻ばせる。

「ひぁ！」

掌にぬるりとした感触を受けて、文乃は悲鳴を上げて手を離そうとした。だが藤平がガッチリと摑んでいてままならない。

「おばあちゃんになって動けなくなっても、僕が全部やってあげるから安心してね！」

「なんか嫌！」

爽やかな笑顔が胡散臭く見えてしまうのはどうしてだろう。

「拒絶された！」と呟き嘆く似非紳士を無視し、文乃は倒れた椅子を元に戻して、体温計をパクリと咥《くわ》えた。熱があるとは思わないが、まぁ体温を測るくらい別に構わない。数分で小さな電子音が鳴り、取り出して見ようとする前に、藤平にひょいと取り上げられた。

「あっ！」

抗議の小さな叫びを上げたが、藤平は意に介さない。それどころか、体温計を見て手を腰に当て、厳しい顔つきに変わった。

「ほらね。やっぱり熱が出てるじゃない！　今日は会社を休みなさい！」

「ええ!?」

体調が全然悪くないのに、どうして熱が出たのだろう、と彼の持っていた体温計を奪って確認すると、三十七度六分と出ていた。

「平熱でしょ！」

「三十七度五分以上は発熱と定義されるんです！」

中指で眼鏡をクイ、と上げたドヤ顔で宣言されて、文乃は呆れて首を竦めた。

「こんなの誤差だから！　この程度の熱で会社休んでたら、仕事にならないわ」

ありがとう、と体温計を返すと、藤平はそれを受け取りつつも不満そうに口を尖らせる。

「でも文乃、最近朝ご飯ほとんど食べないじゃない」

「あ……ごめんなさい。私、低血圧だから……」

「嘘言いなさんな。大正桜子から、大学時代の文乃は遅刻をしても朝ご飯を抜かなかったという伝説の女だって聞いてるわ。それにウチに来たばかりの頃はいっぱい食べていたでしょう」

論破され、文乃は唇を引き結ぶ。桜子め、と思うが、別に彼女は悪くない。共通の友人の話題くらい出すだろう。

黙り込んだ文乃に、藤平がふーっと溜息を吐く。

「朝に限らず、最近めっきり食欲が落ちてるわ。少し痩《や》せたみたいだし、自分で気づいてないの？」

バレていたか、と文乃は臍を噛む。

確かに、この頃あまり食欲がないことが多い。

理由は分かっている——社長の嫌がらせだ。

彼氏ができたことをオープンにした途端、パワハラが酷くなってしまったのだ。

間違ったことなど何もしていないのだから、堂々としていればいい、と文乃は思っているが、当然のことながら社長が文乃の交際に言及してくるわけではないため、それが理由だとは立証できない。

おまけに社長は唐突に〝営業主任〟という役職を作ると言い出し、それに文乃を就任させた。表向きには「池松縄はこの会社で一番成績を上げている人物だからな！」と言っているが、例の件への嫌みで、嫌がらせであることは周知の事実だ。

ちなみに、主任とあるが、特段給料が上がったりするわけではないので、昇進とは名ばかりのまったく無意味な役職である。

そして、「営業主任なんだろう？」という理由で、必要以上の仕事を振られるようになってしまったのだ。担当するクライアントを増やされ、更に新規契約のノルマもこれまで以上に課せられた。追加で担当させられたクライアントは癖が強い所ばかりときて、文乃は肉体的にも精神的にも限界が近かった。

昇進に伴う仕事量の増加は、一見パワハラには見えない。文句を言えばこちらが非常識だと捉えられてしまう巧妙な手口だ。

文乃のストレスの原因はそれだけではない。

ＯＪＴの本仁である。これだけ仕事が増えたのだから、別の人に担当を替わってもらいたいと言ったのだが、認めてもらえなかった。それどころか、本仁自身が「私は池松縄主任にご指導願いたいです」などと空気を読まない発言をするものだから、時間も余裕もない状況なのに、扱いづらい後輩の指導も継続しているのだ。

おまけに、最近の本仁の行動には眉を顰めるものが多い。彼女は「池松縄さんみたいになりたいんです！」と言って、洋服やら持ち物、メイクまでも文乃の真似をするようになったのだ。

ふわふわとかわいらしい雰囲気が特徴だったのに、パンツスタイルになったり、キリッとしたメイクをするようになったり、数日前にはストレートパーマをかけ、栗色だった髪の色を文乃と同じ黒に変えてきた。

文乃と同じバッグを持ち、同じパンプスを履いた本仁を連れて外回りをしていると、得意先でも「双子かと思ったよ」と驚かれることも一度や二度ではなかった。

仕事を覚える段階で先輩の真似をしてみるというのは悪いことではないと見守っていた文乃だったが、ここまでされるとさすがにあまりいい気持ちはしない。

だが「私の真似をするな」と注意するのも、なんだか中学生の喧嘩のようで気が引けて、結局何も言えないでいた。

そんな具合に、一気にストレスが増えてしまったため、食欲が落ちているのだ。

だが仕事の愚痴を藤平に言うのは嫌だった。

これも付き合い出して分かったことだが、藤平はかなり心配性だ。何気ないやり取りの中でも文乃のことを観察しているようで、ちょっとした変化を見逃さない。そして少しでも不安要素があると、それを取り除こうとあらゆる手段を講じてくるのだ。

――ちょうど、今のように。

異論は認めないとばかりに睨みつけてくる藤平に、文乃は両手を上げて〝降参〟のジェスチャーをした。

「確かに、ちょっと今大変な案件を抱えてて、ストレス過多なのかもしれない。でも、それだけやりがいのある仕事を任せてもらってるってことだから。これが終われば楽になるはずだし。体調管理は気をつけます。心配かけてごめんなさい」

そう言ってしまえば、藤平にはこれ以上何も言えないのが分かっている。

案の定、藤平は納得がいかないという顔で、むっつりと黙り込んだ。

自分のために怒ってくれているのが分かるし、それが嬉しい。どうしようもないな、と自分に呆れながら、苦く笑ってフォークを取る。

「ちゃんと食べます。いつも美味しいご飯をありがとう。それに、私のこと、心配してくれてありがとう」

言いながら玉子を掬って頬張り、「おいしい！」と顔を綻ばせる文乃を見ながら、藤平が深々と溜息を吐いた。

「……何かあったら、必ず僕に言うのよ。三分で駆けつけてあげるから」

どこまでも優しい藤平に、文乃は泣きたいような気持ちになりながら頷いた。

「成海くんがいてくれるなら、私、きっとなんだってできるわ」

どれほどしんどくても、彼が傍にいてくれて、愛してくれるなら、どんな我慢だってできるだろう。

文乃の微笑みを、藤平は苦いものを飲んだ時のような顔で見た。

「ばかね！　僕は君がなんにもしなくてもいいって言ってるの！」

「ええ？」

「むしろなんにもしてほしくない！　僕の傍にいて息をしてくれてるだけでいいの！」

「……それはお断りします」

すぐ極論に辿り着こうとする藤平をキッパリと拒絶しながら、文乃はこの日の朝食を、頑張って平らげたのだった。

＊・＊・＊

違和感は、その日出社した瞬間に覚えた。

文乃が、おはよう、と挨拶しながら中に入った瞬間、それまでざわざわとしていた人の声が、ピタリとやんだのだ。

「……？」

不思議に思って顔を上げれば、既に出社していた人たちが、全員こちらを見ている。

「え？　なに？」

顔に何か付いていただろうか、と半笑いで口の周りを手で触ったが、何もない。

鏡を出そうとバッグを探ろうとしたところ、後輩の一人である相川が慌てたように駆け寄って来て、挨拶を返してきた。

「おはようございます、池松縄さん！」

「……おはよう。何？　何かあったの？」

明らかに焦った表情の後輩に怪訝な眼差しを向けると、相川はパッと視線を逸らす。

「何もないですよ。……えっと、今日はマリオンさんの所回るんですよね？　その、今日僕、ご一緒させてもらうと思います」

文乃は眉間の皺を深くする。

相川が挙げた名前は、この会社の最も大きなクライアントとも言えるゲーム会社だ。文乃が粘《ねば》りに粘って契約を勝ち取った所で、後輩を連れて行ったこともあるが、相川は一度も関わったことがないはずだ。

「どうして相川くんが？」

声音に硬いものが混じるのを止められなかった。

もちろん相川にも伝わったようで、気まずそうに口ごもる。

「あの……昨日、社長から言われて」

「社長から？　マリオンに同行しろって？」

文乃の仕事ぶりを参考にしろとでも言ったのか。だが相川は新人ではないし、文乃を毛嫌いしている社長がそんなことを言うはずがない。

――まさか……。

嫌な予感に、肌が総毛立った。文乃の雰囲気が殺気立ったのを感じたのか、相川がギュッと目を閉じて絞り出すように言う。

「……っ、すみません。昨日、社長から、マリオンの担当を俺に替えると言われました……！」

予感の的中に、文乃は表情を無くした。

「……ど、うして……」

文乃にとってかなり思い入れのあるクライアントだ。

マリオンの社長は壮年の男性で、最初は女性の営業を軽視する人だった。女だと分かった瞬間、門前払いをされたのは今でも忘れられない。

それでも何度も足を運び、すげなく断られても食らいつき、やっと話を聞いてもらえた時には季節が変わっていた。向こうが納得のいくまで説明を繰り返し、ダメ出しにはすかさず代案を出した。徹底的に議論をし合った結果、文乃の意欲と、仕事やクライアントに対する真摯さが認められ、契約に至ったのだ。

マリオンの社長とは、互いに戦友のような感覚だった。彼との仕事は面倒くさいが、それ以上に楽しい。マリオンの社長には「君だから契約をしたんだ」と言ってもらったことがある。涙が出るほど嬉しかった、忘れられない思い出だ。

確固たる信頼関係が築けていると、胸を張って言えるクライアントだ。

それを、社長は相川に委ねろと言っているのだ。

相川もまた、同じ営業職として文乃の衝撃が分かるのだろう。

痛ましげな表情で首を横に振った。

「すみません。それは……社長から、聞いてください……」

確かに、相川を責めるのはお門違いだろう。相川が文乃の仕事を奪うような真似をする人間ではないと知っている。

——だとすれば……。

社長だろう。嫌がらせの一環なのか。あるいは、いっそ文乃を会社から追い出そうというのか。

ぐ、と腹に力を込める。両手を拳にして握り締めた。

でなければ、泣き出してしまいそうだった。

追い出したいならそう言えばいい。あんな人間の屑のような経営者の下で働くなど、もううんざりだ。

——でも、私を信じて契約してくださったクライアントはどうするの……？

さんざん文句や泣き言を言いながらも辞められなかったのは、やはり自分がこれまで成し遂げた仕事を手放せなかったからだ。クライアントと築き上げた信頼関係を崩すのが怖かった。信じてくれた人を裏切る行為だと思えたからだ。

――私を切るというなら、それなりの理由があって然るべきだわ。

それこそ「気に喰わないから」などという不当な理由であるのなら、今度こそ法を味方に訴えて、社会的な制裁を喰らわせてやる。

ギリ、と奥歯を噛み締めて、文乃が顔を上げた時、背後から名前を呼ばれた。

「池松縄。ちょっと」

振り返ると、社長がスラックスのポケットに手を突っ込んで立っていた。

周囲が息を呑むようにして、二人のやり取りを見つめているのが肌で感じ取れる。

「話がある。社長室《オレのへや》に来て」

薄ら笑いを浮かべているその顔に、平手打ちを喰らわせてやりたいと思いながら、文乃は頷いた。

「はい、社長」

――望むところよ。吠《ほ》え面《づら》かかせてやる。

ここまで狂暴な怒りを誰かに感じたのは初めてだ。

社長を張り倒す気満々で、文乃は社長室のドアを開いた。

「あのさ、困るんだよね、枕営業とか」

二人きりになった社長室で、座り心地の良さそうなデスクチェアにどさりと腰かけた社長は、開口一番そう言った。

「——は?」

——言うに事欠いて、それか。

文乃は半ば呆れつつ、盛大な顰め面をしてやった。

無論そんな事実などないし、枕で仕事が取れるほど営業職は甘くない。信頼関係なくして何千万の契約など、誰がくれるというのか。

この社長だって、株式会社創立時には出資金を募るために方々に営業した経験があるはずだろうに、そんなことも忘れてしまっているのだろうか。

「つまり、私が枕営業なるものをした、と仰っておられるのですか?」

冷たく訊き返した文乃に、社長は不快そうに顔を歪ませた。

「ほんっとに、かわいくないな、君」

「申し訳ございません。ですが、もし本当に社長がそういう意味で先ほどの発言をされたのであれば、セクシャルハラスメントとして訴えられかねない内容でしたので」

わりと直球で「セクハラで訴えるぞクソが」と言ってみた。これまでこんなあからさまなことを言ったことはなかったが、今は怒りが沸点を超えてしまっている。

これまでセクハラもパワハラも受け流すに留めていた文乃が、まさか攻撃に出るとは思っていなかったのか、セクシャルハラスメントの単語に社長が目に見えて動揺する。

「なっ……セクハラ……訴える!?」

驚愕して立ち上がる社長に、文乃は眉一つ動かさずに首肯した。

「私にはその用意があります。むしろ、どうして今まで私がそうしないと思っていらしたのか……甚だ疑問なのですが」

嫌みまで交えて淡々と告げれば、社長がカッと顔を赤くして憤怒の表情に変わる。

「なんだと……!?」

——あ、怒らせちゃった。

しまった、と思ったが、「怒らせたからどうだって言うの」と思う自分もいる。この屑社長よりもずっと、私には怒る権利がある。

怒りのために、いつもよりもずっと胆が据わっている文乃は、社長の顔色が変わったのを見ても、平然と美しい姿勢のまま立っている。

社長はギリ、と歯軋りをしたものの、気を取り直したようにせせら笑いを浮かべた。

「はっ……！　これを見てもまだそんな減らず口が叩けるかな？」

言いながら、社長はデスクの上に置かれていたタブレットを開くと、なにやら操作している。どうやら呟きを載せていくSNSアプリを開いているらしい。

こんな時にSNSか、とウンザリしながら待っていると、社長はその画面をこちらに向けた。どうやら、誰かのアカウントページのようだ。

洋服やメイク道具、カフェで食べたものの画像が並んでいて、恐らく女性のアカウントなのだろうと見て取れる。

——つまり、このアカウントに私を貶めるようなことが書かれているってこと？

それを鵜呑みにして、枕営業をしたと言っているのだろうか。

だが詳しい話を聞いてみないと分からない。

「……これが？」

一体なんだと言うのか、と首を傾げると、社長がニヤニヤと下卑た笑みを浮かべた。

「君のアカウントだろう？」

目が点になるとはこのことだろうか。

「は？　私はこのSNSは利用していませんが」

「ローマ字表記だが〝Ａｙａ〟とあるし、遡れば社内の君のデスクの画像まで出てくるよ」

「——なんですって⁉」

ザッと血の気が引いて、文乃は社長からタブレットを奪うようにして画面に見入る。

ドクドクと心臓が早鐘を打ち、背中に冷たい汗が伝い落ちた。

——気持ち悪い……！

よく見れば、写っているカフェはこの間桜子と行った所だった。ローストビーフ丼——注文したものまで同じだ。メイク道具も、文乃が愛用しているブランドのもので、色も同じ。〝お気に入り♡〟というコメント付きで上がっているのは、今履いているパンプスとまったく一緒だった。

まるで自分という人物を、ねっとりと他人になぞられているような不快感に、吐き気が込み上げてくる。

震える指で操作してスクロールさせると、確かに文乃のデスクだと思われる画像も載せられていた。

「こ、れ……マリオンの社長からいただいたぬいぐるみ……」

文乃はデスクの上に、マリオンの社長からもらったゲームのノベルティであるぬいぐるみを飾っていた。非売品である上、極少数しか生産されていないので、ゲームに人気が出た今、かなりのレア物として高額でマニアに取引されていると聞いたことがある。

それが写されていたのだ。

〝ダーリンがくれた宝物♡　俺の代わりに抱いて寝てね、だって♡〟

その画像には、そんなコメントがつけられていた。

ぐらりと目の前が揺れる。

「な……な、んなの、これ……！　私じゃない！　私、こんなことしていないです！」

あのぬいぐるみを、マリオンの社長からもらったことも、文乃が大切にしていることも、社内の人間なら誰でも知っている。別に隠すようなことではないからだ。

これまで理想的な営業とクライアントの関係だと言われてきたのに、このコメントだけでまったく違う印象へと塗り替えられてしまうだろう。

――だから、さっき、皆の様子が変だったんだ……！

社長が言いふらしたのか、それとも社員の中の誰かが……。

「だがこのアカウントに載せられている内容を見たら、君以外であると考える方が難しいと思うぞ」

「違います！　これは私じゃないんです！」

声を荒らげて言う文乃に、社長がクッと喉を鳴らして笑うのが聞こえた。

「そうだな、それを信じてもいいぞ？」

「……え」

唐突に掌を返すようなことを言われ、意味が分からず、文乃は顔を上げる。

社長が舌なめずりでもしそうな顔でこちらを見ていた。

粘着質なその視線にゾッとして、タブレットから パッと手を放し、一歩後ずさりする。

文乃もばかではない。今から社長が言おうとする内容が、碌でもないことだけは分かった。

――逃げなきゃ。

本能的にそう思い、じりじりと後ろへと下がった。

社長は怯える文乃を面白そうに眺めて、にこりと優しそうな笑みを浮かべてみせる。

「そう怯えないで。君の味方をしてもいいと言ってるんだ。これが君のアカウントではないと皆に宣言し、誤解を解いてやろう」

「――な……」

何故急にそんなことを言い出したのか。意図が分からなかったが、社長への信頼など皆無である文乃にとっては、気味が悪いとしか感じられない。

だが社長は文乃が乗ってくると信じているのか、タブレットの画面をブラックアウトさせて、おもむろにデスクを離れて文乃の方に歩み寄ってくる。

ギョッとして更に距離を取ろうと後ずさりすると、社長はおやおやと眉を上げた。

「警戒する必要はないのに。――ああ、だが、マリオンからは手を引いてもらうよ。君はあそこの社長と近くなり過ぎた。こんな噂が一度立ってしまえば、距離を置いた方がいいのは分かるだろう？」

「このアカウントは私ではありません！」

何故冤罪《えんざい》でそんなことを言われなくてはならないのか。

キッと睨みつける文乃に、社長はやれやれと肩を竦めた。

「火のない所に煙は立たないと言うだろう？　せっかく俺がここまで言ってるんだ。これくらい聞き分けたらどうだ？」

恩着せがましく言われて、苛立ちが込み上げる。

文乃は社長を睨んだまま、呻くような声で訊ねる。

「それで？　私の冤罪を晴らしてくださる代わりに、見返りは何を求めるんですか？」

この男が見返りなしに何かをしてくれるはずがない。恩を受ける気などさらさらないが、それでも目的が知りたくて訊ねる。

すると社長はニタリと蛇のような笑みを浮かべた。

「見返りだなんて人聞きが悪いな。俺はただ、君と仲直りがしたいんだよ、文乃」

名前を呼ばれて、ぞわっと悪寒が背筋を走る。

――気持ち悪いっ……！

「な、仲直りって……」

「ああ、分かってる。俺が君を捨てて結婚したから、拗ねて反抗してるんだよな？　俺もむきになって虐めてしまったりして、大人げなかったと思ってるんだ。だからこれを機に、仲直りをしようよ」

言いながらこちらへ向けて手を伸ばされ、文乃は恐怖から「ヒッ」と引き攣れた悲鳴を上げた。弾かれたように後ろに飛び退りながら、大声で捲し立てる。

「け、結構です！　社長に味方なんてしてもらわなくていい！　ううん、あなたは敵でい！　大体、仲直りってなんですか!?　私は社長と付き合ったことなんてないし、これからもあり得ません！　この世にあなたしか男性がいなくても、私は絶対にあなたを選びませんから！」

あまりの気持ち悪さに、拒絶反応で本音がダイレクトに口から飛び出したが、もう構ってなどいられなかった。

社長が憤怒の形相に変わる。赤黒い顔色で、ぶるぶると肩を震わせ始めた。

「――いい度胸だな、池松縄。よく分かった。君にSNSの不適切利用で社に損害を与えたことに対する謹慎処分を言い渡す！　家で頭を冷やしてこい！」

文乃は社長の言葉が終わらない内に、踵を返して社長室を飛び出した。これ以上あの男の傍にいることはできない。

勢いよく社長室を出てきた文乃を、社員たちがじっと見つめていた。

どこかよそよそしく、蔑むような色を含んだその眼差しに、吐き気が更に込み上げる。

――もう、無理……！

一刻も早くこの場から立ち去りたくて、文乃は口元を押さえて出口に向かって走り出す。

そのままちょうど開いていたエレベーターに駆け込んで、すぐさまタッチパネルを押してドアを閉めた。

閉まりゆくドアの向こうで相川の呼ぶ声が聞こえた気がしたが、目を閉じてそれを聞かなかったことにした。


逃げるように会社を出て、文乃が向かったのは藤平のマンションではなく、自宅だった。今帰っても藤平は仕事中でいないし、なにより、彼に会うのが怖かった。

——だって、あんな……あんなアカウント……！

社内の皆が、あれを文乃のものだと信じているのが、空気で分かった。何年も一緒に仕事をしてきた仲間ですら信じてしまうほど、あのアカウントは巧妙に捏造されていた。

——もし、あれを成海くんが見たら……？

信じてしまったら？　自分がクライアントと寝るような人間だと思われたら？

——成海くんに、あんなふうな目で見られたら、私はきっと、死んでしまう……！

藤平はそんな人間じゃない、彼を信じるべきだと言う自分もいる。だが、大勢の人間に冤罪を無言で責められるという理不尽を受けたばかりの今、自分に対する自信が底をついてしまっていた。

――私は、成海くんに信じてもらえるような人間じゃないのかもしれない……。

社内の人たちだって、悪人なわけじゃない。社長の奇行に呆れる程度には常識のある、気さくな人ばかりだ。

――それなのに、誰一人、私がそんなことをする人間じゃないと、分かってくれなかった。

哀しさと悔しさと遣る瀬なさに押し潰されそうだ。

だが、逆の立場なら、と思う。もしかしたら、文乃も信じたかもしれない。それくらい、あのSNSアカウントは信憑性の高い作りになっていた。文乃の普段の行動を知っている人であればあるほど信じてしまうような。

――成海くんには、話せない……！

藤平を失いたくない。絶対に嫌だ。

話さないことが藤平を信じていないことになってしまっても、今、文乃にはその勇気が持てなかった。

文乃は幽霊のようにふらふらとしながら、自宅方面へ向かう電車に乗った。

この駅からこの路線に乗るのは久しぶりだ。

「家に行くのも、久しぶりか……」

何気なく呟いて、家に帰るではなく行くと表現した自分に気づいて、自嘲が込み上げる。

すっかり藤平の家が自分の家になってしまっている。

——こんなになってしまって、私、成海くんと別れることになったら、どうなってしまうんだろう……。

そう嘆く自分が、藤平との別れを意識しているのだとも気づかされ、情けなさに鼻がつんと痛んだ。あのSNSアカウントを知られたら、最悪の場合藤平から別れを告げられる可能性があるのだ。心臓が軋むような想像に、堪え切れなかった熱い雫がぼたぼたと目から零れ落ちた。

一度零れた涙は、堰を切ったように溢れ出てくる。文乃はバッグからハンドタオルを取り出し目に押し当てた。

こんな公の場で涙を流すなんて、と思ったが、通勤ラッシュをとっくに過ぎた時間帯の電車は、驚くほど空いている。まばらな乗客のほとんどがスマホを弄っていて、誰も文乃が泣いていることに気がついていない。

それに安堵して、文乃は目にタオルを押し当て続けた。

電車を乗り継ぎ、ようやく自宅の最寄り駅に着いた時には、正午を回っていた。

今日も藤平がお手製のお弁当を持たせてくれていたが、残念ながら食欲はまったくと言っていいほどない。

——今食べたら、きっと吐いてしまう……。

鋭さを増した陽射しの中、トボトボと自宅までの道を歩き、やっとの思いでマンションに着いた文乃は、ポストの中を覗き込んだ。久々に来たせいで、郵便物がずいぶん溜まっているようだ。ノロノロとした仕草で取り出して、悲鳴を上げた。

「ヒィッ！」

郵便物に、濡れた感触があったのだ。

振り払うように郵便物から手を放すと、バラバラと封書やハガキが床に散らばった。手を確認して、更に悲鳴が漏れる。真っ赤に染まっていた。一瞬血かと思ったが、よく見ればドロリと粘度のある液体で、インクを混ぜたゲル状の何かに思われた。

「な、なに、これ……！」

ガクガクと足を震わせながら、ハンドタオルで必死に赤い液体を拭い取る。恐る恐る郵便物を検めると、その中に赤い液体に濡れたハガキのようなものがあった。

「……っ」

文乃は息を呑む。悲鳴は喉の奥で固まってしまったのか、出てこなかった。涙がダダッと流れ始め、壊れた蛇口《じゃぐち》のように止まらなくなる。

そこには、黒々とした文字で『ビッチ』と書かれてあった。

＊・＊・＊

文乃は新橋駅の近くのファミリーレストランにいた。

自宅のポストに嫌がらせのハガキもどきを見つけてから、マンションの自分の部屋に入るのも怖くなり、なりふり構わずにその場から逃げたところまでは覚えているが、その後どうやってここに来たのかは覚えていない。

ただひたすらあそこから離れたかったのと、無意識に藤平の傍にいたいと思ったのかもしれなかった。

そんなに恋しいくせに、彼の顔を見る勇気はまだ持てない。こんなに精神的にボロボロの状態では、顔を見た瞬間に何かあったとバレてしまうだろうし、それを説明できる気もしない。彼が離れていってしまうかもしれないと考えるだけで、気がおかしくなりそうだ。

結局文乃が頼ったのは、親友の桜子だった。

しかし桜子も勤務時間帯だ。電話をかければ迷惑になるだろうと、メールを送っておくことにした。それなら空いた時間に確認してくれるはずだ。

今日あった散々なことを一つ一つ文章にしていく。起こったこと、状況を説明し、最後に今日は桜子の家に泊めてほしいというお願いをして、メールを送信した。

そうしている間に、ずっと止まらなかった身体の震えが少しずつ治まってきて、ホッと息を吐く。

頼んだコーヒーを啜りながら、これからどうしよう、と漠然と考えた。

会社はもう辞めるしかない。あのSNSアカウントの件がある限り、あそこで働き続けることは無理だ。なにより、セクハラ社長の傍にはもう近寄りたくない。

これまでお世話になったクライアントに後ろ足で砂をかけるようなことになってしまうが、もうこれ以上はできる気がしなかった。

——ああ、それよりも、部屋をどうしようかしら……。

当座は桜子の家に泊めてもらうとして、だがずっと居座るわけにはいかない。

あんなことがあった部屋にはもう住めないし、引っ越しを考えなければ。

それに、藤平の顔をずっと見ないというわけにはいかないだろう。

文乃はギュッと瞼を閉じる。

——成海くん……成海くん……！

会いたい。抱き締めてほしい。でも、彼に抱き締めてもらえるだけの自分であるのだろうか。枕営業をするような人間だと、一緒に働いていた人たちからも思われてしまうような女だ。火のない所に煙は立たない、と言われた。そう思わせるような部分が、自分のどこかにあるのだとしたら……？

ネガティブな思考のループに陥って、息苦しさに目を開く。

いつの間にか目の前には、見たことのあるスーツの生地があった。その人は息を切らしているのか、荒い呼吸音が聞こえる。

「文乃」

低く艶やかな声に、ノロノロと顔を上げる。

会いたくて会いたくて、でも会うのが怖かった、愛しい人の顔があった。

汗だくで、眼鏡を外し、いつもはきっちりと整えている髪も振り乱してぐちゃぐちゃだ。

くう、と仔犬の鳴き声のような音が、自分の身体から出る。

涙が出た。もう、止められなかった。

身を震わせて泣き出す文乃を、藤平が何も言わずに抱き締めた。優しい力ではない。息をするのも苦しいほどの力だった。

「ごめんね、遅くなって。もう大丈夫」

その囁き声に、ようやく文乃は全身の力を抜くことができたのだった。

# 第六章　蚤寝晏起《そうしんあんき》

抱きかかえられるようにして、文乃は藤平のマンションに連れて来られた。

あの後、警察に被害届だけは出しておかなければいけないと言われ、一緒に警察に行って状況を説明してきた。頭の中で起こったことをもう一度辿るのはかなりしんどかったが、藤平が隣で手を握ってくれていたので、なんとか最後まで話し切ることができた。

終わった時、「よく頑張ったわね」と抱き締めてくれて、また涙が込み上げてきた。

藤平は帰宅するなり風呂に湯を張り、文乃に入るように言った。

「ゆっくり浸かってきなさい。でも寝ちゃダメよ。十五分経って出て来なかったら様子を見に行くわ」

優しく促され、文乃は言われるがままに服を脱ぐ。

するとブラウスの裾に、あの赤い液体が付いているのを見つけて悲鳴を上げた。

「ヒィッ！」

「どうした!?」

すぐさま藤平が飛んできて抱き締めてくれる。ブラウスの赤い汚れに気づくと、「大丈夫よ。これは文乃の目に付かないように処分しておくから」と言って、ブラウスを丸めて背後に隠した。

「今着てるもの、全部処分しましょう。脱いじゃって」

言われて、そうか、風呂に入るのは、嫌な出来事の痕跡を洗い流すためだったのかと思い至る。確かに今日着た服はもう二度と着たくないし、あの赤い液体に触った手も早く洗いたい。

自分よりも自分のことを理解して動いてくれる藤平に、またボロボロと涙が出た。

こんなに自分を想ってくれている人を、どうして信じられなかったのだろう。

「ありがとう、成海くん……」

「いいのよ。ホラ、泣かないで。早くお風呂入っちゃいなさい。上がったら髪を乾かしてあげる」

涙を手で拭われて、額に軽くキスされた。

彼の声と温もりにホッと安堵する。文乃の身体から力が抜けたのが分かったのか、藤平は優しく促して残った衣類を脱がせた。文乃は素直に応じる。彼の前で裸になる恥ずかしさは、不思議と今は感じなかった。
「ゆっくりね」
言い置いて、文乃をバスルームに残し藤平はリビングに戻っていった。
彼が離れていってしまったことになんだか不安を感じ、そんな自分に慌てて首を振って
シャワーを浴びた。
——何を子どもみたいなことを。
これではまるで、親から離れて不安になる赤ちゃんではないか。
温いシャワーが肌を滑り落ちていく感覚に、少しだけ気分が良くなった。ボディソープ
をたっぷりと使って手を洗う。赤い液体を触ってしまった時の不快感を思い出して鳥肌が
立ったが、泡を洗い流すことでなんとかやり過ごした。
髪を洗い、身体を洗い終わると、湯船にゆっくりと身体を浸ける。
温めの温度設定にしてくれたのか、じんわりと肌に浸透していくような熱に、全身が緩
む気がした。しばらくの間、ただ湯に揺蕩《たゆた》った。脳がまだずっと何かをごちゃごちゃと考
えているような感じもするが、自分のことなのに酷く遠い感覚だ。
目を閉じる。
ちゃぷ、という水音が柔らかく鼓膜に響いた。
「——文乃？」

呼びかけにハッとして目を開く。

一瞬意識が遠のいていたことに気づき、慌てて身体を起こして返事をする。

「は、はい」

「十五分経ったわ。もしかして寝ちゃってた？」

「そ、そうみたい……」

風呂で寝たことなど今まで一度もないのに、と自分でも驚きながら返事をすると、「開けるわよ」という断りの言葉の後に、ガチャリとバスルームの扉が開いた。

大きなバスタオルを広げた藤平が、「おいで」と顎をしゃくる。

文乃は彼の声に導かれるように、躊躇なく湯船から出て彼の傍まで行った。

藤平は柔らかく微笑んで、濡れた文乃の身体をバスタオルで優しく包む。そのままギュ、とハグするように抱き締めて、ふふ、と笑った。

「いい子ね。かわいい」

文乃は目を閉じる。彼に褒められるのが、単純に嬉しかった。

藤平は手早く文乃の身体を拭いていくと、とりあえず、とバスローブを着せる。文乃は着せ替え人形のように、されるがままに腕や足を動かした。

「髪を乾かしましょう。おいで」

手を引かれて連れて行かれたのは、リビングではなく寝室だった。

ベッドの脇に腰かけ、藤平を見上げる。

文乃が風呂に入っている間に着替えたらしく、彼もゆったりとしたルームウェアに着替えていた。ルームウェアを着ていても、オシャレな雑誌に出てくるモデルのようだ。

既に用意してあったのか、サイドテーブルにミネラルウォーターのペットボトルがあり、それを手渡される。ありがとう、と受け取ってキャップに触れると、キャップはあらかじめ緩められていた。彼の過保護さがこんなところにも現れていて、でもそれが心地好く、自然と目元が緩んだ。

ペットボトルに口をつける。思いの外喉が渇いていたようで、冷たい水がびっくりするくらい美味しく感じられた。ゴクゴクと喉を鳴らして飲んでいると、藤平がタオルとドライヤーを手に文乃の背後に座る。そのまま自分の脚の間に彼女を挟むような体勢で陣取り、タオルでポンポンと髪を拭い始めた。

「文乃の髪は、とってもきれいね」

「……そう、かな」

頬が綻んだ。また褒められて、嬉しい。藤平に褒められると、心にポッと小さな灯りが灯るような感覚になる。

「そうよ。僕は君の髪がすごく好き。触り心地が良いのよ。つるつるで、サラサラで、梳くと指から逃げていってしまうんだけど、その感触も堪らないわ」

まるで美容師のように語りながら、今度はタオルをドライヤーに持ち替えた。

「熱かったら言ってね」

一言の後、ゴオ、という風音に他の音がかき消される。

ドライヤーの強い風力とは逆に、とても優しい手つきで髪が梳かれ、その心地好さに文乃はうっとりと目を瞑った。

「……成海くん」

呼びかけてみて、返事がないことを確かめる。ドライヤーの音で聞こえていないのだろう。それを見越した上で、文乃は藤平に語りかける。

「……ごめんなさい。成海くんを信じていなかったわけじゃないの。でも、あなたが離れてしまったらと思うと、怖くて連絡できなかった」

ファミリーレストランに桜子ではなく藤平が来たということは、桜子が彼に全てを話したということだろう。あるいは、文乃が送ったメールを見せたのかもしれない。

いずれにしても、藤平は他人から自分の恋人の危機を知らされた。

何故真っ先に自分を頼らなかったのか、と思ったに違いない。文乃だったらそう憤慨するだろう。

それなのに、藤平は文乃を一言も責めなかった。

何も言わず抱き締めてくれて、「大丈夫」と言ってくれた。

それでどれだけ安堵できたか。どれほど、嬉しかったか。

会社の人間に自尊心を叩き折られ、気味の悪い嫌がらせに恐怖を植え付けられて、文乃は自分のことすら信じられなくなってしまっていた。自分には何か欠陥があって、だから皆に信じてもらえないのかもしれない。皆が自分を信じず、冤罪を認めてくれないのも、仕方ないことなのかもしれない、と。

自分の立っている場所が分からなくなり、居場所を全て失ったかのような、社会の中から一人弾き出されてしまったかのような気持ちだった。

そんな底のない孤独感の中から、藤平はあっさりと掬い上げてくれたのだ。

やがてドライヤーの音がやみ、文乃の髪を手櫛で整えながら藤平が言った。

「はい、終わり」

「……ありがとう」

いろんな意味を込めて言った〝ありがとう〟だったが、藤平はサラリと「いいのよ」と受け流し、文乃の頬にちゅ、とキスを落とす。

「さて、次はご飯よね。食欲ないかもしれないけど、何か少し食べた方がいいと思うの。オリーブオイル抜きのリゾット作ったんだけど、どうする？」

言われて、文乃は自分の腹に手をやった。藤平に会うまでずっと吐き気に苛まれていたが、今はもうない。それでもやはり食欲はなかった。ふるふると首を横に振って食欲のないことを示せば、藤平は小さく息を吐いて、「そっか」と言った。

「じゃあ、食べたくなったら言ってちょうだい。温め直せばすぐに食べられるから」

「ありがとう……」

そういえば、と作ってもらったお弁当を食べていないことを思い出す。

「あ……ごめんなさい。せっかく作ってくれたのに、私、お弁当、食べてなくて……」

申し訳なくて謝れば、藤平は文乃の頭にポンと手を乗せた。

「謝らないの。あんな状況で食べられるわけないでしょう。……怖かったわよね、可哀想に。僕が来るまで一人でよく耐えたわね。偉かったわ」

辛かった状況を労われ、またボロボロと涙が出てくる。

藤平は「あらあら」と言いながら、そっと文乃の頭を引き寄せて、自分に寄り掛からせた。彼の胸に背中を預けると、彼の匂いがして、その温もりが伝わってくる。

それにどうしようもなく安堵した。

――でも、まだ足りない……。

文乃は身体を捻って藤平の腰に腕を回して抱き着いた。

「どうしたの？　甘えんぼね」

普段あまりこんなふうに甘えることのない文乃に、藤平が嬉しげな声を出す。頭に頬擦りをされ、優しい接触を喜ぶ半面、もっと、という欲求が込み上げた。

首を伸ばして自ら藤平の唇にキスをすると、藤平は目を丸くした。

「文乃？」

驚いた顔に、今更ながら少し恥ずかしさが湧いてきたが、それよりも今彼に触れたいと思う気持ちの方が強い。

「成海くん……触れてほしいの。成海くんに、触れたい。もっと、ぎゅっと、強く、深く、あなたが傍にいるんだって感じたい……！」

心の中をそのまま言葉にしたら、こんな拙いものになってしまった。

けれど、ありのままの気持ちだ。

多分、今の自分は、いろんなことが起こり過ぎて不安定になっているのだ。立っていたはずの自分の居場所が突き崩されて、不安ばかりが膨らんでいった。そんな中、唯一安心を与えてくれた藤平に、自分の存在を刻みつけたかった。

ここが自分の居場所なのだと、もっともっと思わせてほしかったのだ。

言い募る文乃に、藤平は困ったような顔になる。

「でも、あんなことがあったばかりで……」

やんわりと藤平に拒絶され、文乃はそれだけで目の前が真っ暗になった。

『あのさ、困るんだよね、枕営業とか』

社長の声が脳裏に蘇る。

「……やっぱり、私は、ダメ……？　皆に、あ、あんなことしてるって……」

「違う！」

真っ青な顔で震え出す文乃に、藤平が血相を変えて否定した。眼鏡の奥のきれいな瞳が、力強い光を宿してこちらを射貫いていた。

「僕は君を信じてる！　誰がなんと言おうと、僕だけは絶対に君を信じる！　くだらない連中の言ったことなんか、もう忘れなさい！」

叱咤するような口調に、文乃はビックリして目を見開く。だが怖いとは思わなかった。

「――うん。他の誰が何を言おうと、成海くんが私を信じてくれるなら、それでいい。それだけでいい」

またボタボタと涙が零れている。きっともう涙腺がどうにかなってしまっているのだ。涙が流れるがままにして、縋るように見上げて喋る文乃を、藤平は痛ましげな顔で見つめていた。

「でも、お願い。私を信じてくれるなら、抱いて。成海くんに抱かれたいの」

「文乃……」

苦悩するように自分の名を呼ぶ藤平に、文乃はもう一度唇を寄せる。

今度は啄むだけではなく、彼を味わうために、舌を伸ばす。

藤平は拒まなかった。

侵入した文乃の舌を優しく舐め返し、柔らかく絡めてくれる。

「ん、――んんっ、ぅ……！」

文乃の方が藤平の口の中へ侵入していたはずなのに、気がつけば彼の舌に口内を舐り尽くされていた。翻弄され、鼻から喘ぎ声が漏れる。

キスに夢中になっている内に、体重をかけられてグラリと身体が後ろに倒れた。

ベッドのスプリングが軋む。藤平が腕を伸ばしてリモコンを操作し、照明が消された。

暗くなったもののまだ昼間のため、室内は真っ暗にはならなかった。

寝室のカーテンは藤平らしい落ち着いたブルーだ。昼でも閉ざされたままのそれを透した微かな陽光は、ほんのりと青い。

――まるで海の底ね……。

そんなお伽噺のような感想を思い浮かべながら、ゆっくりと視線を上げた。

薄青いほの暗さの中、藤平の顔が白く浮かび上がる。

覆い被さるようにしていた彼は、一度上体を起こして眼鏡を外し、腕を伸ばしてサイドテーブルに置いた。

彼の身動ぎでベッドが弾んで、寝そべっている文乃の頭を揺らす。

――本当に、この部屋、海の中に揺蕩っているみたい……。

そう思って、いや、と否定する。

思い返せば、水の中を揺蕩っているような感覚は、藤平が迎えに来てくれてからずっと続いている。泣き過ぎると五感が麻痺したようになってしまうから、そのせいなのかもしれない。

眼鏡を外した藤平が再び覆い被さって来て、キスをくれた。

優しい、触れるだけのキスの後、コツリと額を合わせられる。

「本当に、抱いていいの？」

至近距離で心配そうに瞳を覗き込まれ、文乃は思わず苦い笑みを浮かべた。

本当に、藤平は過保護だ。

「私が、抱いてほしいのに」

どうして抱いてとねだられた方が、抱くことを心配するのだろう。

「……なら、遠慮せず」

フッと笑みを鼻から吐き出して、藤平は顔を傾けて文乃の唇を貪った。

彼の手がバスローブの上から文乃の身体を弄り下りていき、腰紐に辿り着く。それを片手で解いて抜き取ると、ベッドの下へ落とした。

躊躇なくバスローブの合わせを開かれて、文乃は生まれたままの姿をあっさりと藤平の目の前に曝け出す。隠すような羞恥心は、先ほどからどこかへ消えてしまっていた。

食い入るように自分の身体を眺める藤平に、文乃は言った。

「成海くんも、脱いで」

彼と自分を隔てるものは欲しくない。

全身で、一つ一つの細胞で、彼を感じたかった。

文乃の求めに、藤平は一瞬目を丸くしたが、すぐに微笑みを浮かべて頷いてくれる。

「分かった」

言うや否や、藤平は腕をクロスさせルームウェアの裾を摑んでガバリと脱ぎ捨てた。その男らしい所作に胸をきゅうっと摑まれる。

彼はズボンも下着もアッサリと脱ぎ捨てて、一糸纏わぬ姿になった。

「……きれい……」

裸の彼はとても美しかった。

何度も身体を重ねてきたはずだが、思えば恥ずかしがって、まじまじと彼の裸を観察したことなどなかった。

普段からジョギングをしたりジムに通ったりして鍛えているからか、全体的に細くはあるけれど、腹には線が浮かぶほどしっかりと筋肉がついた身体だ。無駄な肉がなく、野生の獣のようにしなやかな美しさがある。

盛り上がった胸筋にそっと触れれば、藤平がその手を取って指先にキスをした。

「嬉しいけれど、イタズラはまた今度ね。今は僕が君に触れたいの」

言って、文乃を見つめたまま、掴んだ彼女の指をパクリと咥える。

「えっ……あ、んんっ……！」

藤平の口の中は熱かった。他人の口の中に指を入れたことなど一度もなかった文乃は、その感触にビクリと身を震わせたが、藤平の舌に指の間をねっとりと舐られて、甘い声が出た。

藤平はその声に気を良くしたのか、尖らせた舌先で何度も敏感な場所をくすぐってくる。その度ゾクゾクとした震えが腰の辺りに生まれては背筋を伝い、文乃はもぞもぞと腰を揺らした。

それを宥めるように、藤平の右手がゆっくりとした動きで文乃の大腿を撫でる。優しく労わるような手つきなのに、感じやすい内腿に触れるか触れないかの場所を行き来されて、もどかしさだけが募っていき、余計に腰が物欲しげに揺れた。

大した愛撫はされていないのに、甘い声を上げて身をくねらせる文乃を、藤平は目を細めて眺めている。

「ふふ……」

藤平の与える際どい快感は、徐々に文乃の身体のいろんな箇所に火を点けていく。中途半端に熟れた欲望を持て余して、文乃は眉根を寄せる。

「成海くん……」

お願いするように甘えた声で名を呼べば、藤平は指を口から出して首を傾げた。

「なあに？」

ニヤニヤとした笑みに、文乃は恨めしい目を向ける。

「お願い……」

具体的なことを口にするのはさすがに恥ずかしく、曖昧にそれだけを伝えると、藤平はクツリと喉を鳴らした。

「何を？　お願いするなら、どうしてほしいのかちゃんと言わなきゃ分からないわ」

「っ……意地悪……！」

間違いなく、文乃がどうしてほしいのかを分かって言っている。

文乃の抗議に、藤平はクスクスと笑うばかりで取り合わなかった。

「どうしてほしいか言わないと、やめちゃうわよ」

「……ずるいっ……」

「ずるくない。ホラ、言わないと……」
パ、と太腿を撫でていた手を放され、喪失感に文乃は小さく悲鳴を上げる。
「やっ……！」

「ホラ、ちゃんとおねだりしてごらん。してほしいこと、全部してあげるから」

意地悪く促す藤平の美貌は、欲望を湛えて壮絶な色気を放っていた。その濡れたように光る黒い瞳に魅入られながら、文乃はゴクリと唾を飲んだ。

「さ、触って……」

絞り出すように呟けば、ふふ、と楽しげに藤平が笑う。

「うん？　どこを？」

更に先を問われ、文乃は唇を噛みながら、苦渋の選択として藤平の手を掴む。彼の手を自分の胸に持っていった。

「ここ……」

消え入るような声で言った文乃に、藤平は「及第点ね」と笑う。

大きな手が文乃の胸を包み込んで、掴むように揉みしだく。

「んっ……」

「胸を触るだけでいいの？」

「あっ……ここ……先も……」

温かい手に自分の肉を揉まれる快感にうっとりとしながら、彼の指を一番触ってほしい胸の尖りへと導いた。

「乳首がいいのね。ふふ、そうね、文乃は乳首を触られると、いっぱいかわいい声が出るものね」

「あっ、あっ、ぁん、あぁっ」

　藤平は、乳首を指の先で転がしたり摘まみ上げたりしながら、実に楽しそうな声で言う。

　欲しい快感をやっと与えてもらった文乃は、脳が蕩けそうになりながら、喘ぐのに必死だった。

「あーかわいい。かわい過ぎるから、ご褒美にこっちは舐めてあげる」

　藤平が呻くように言って、まだ手付かずだった方の乳首に吸い付く。両方の乳首を嬲られ、強い快感に子宮がきゅんと疼いた。まだ触れられてもいないのに、花陰は蜜を零しているのが分かる。もじもじと脚をすり合わせていると、覆い被さる藤平が、片方の膝を持ち上げて開かせた。

「あっ……？」

　硬く熱いものが、そこにヒタリと当てられた。くちゅり、とはしたない水音が立つ。

「ほら、どこに何が欲しいの？」

　つるりとした亀頭が、蜜口をクニクニと押してくる。けれど決して挿入《はい》ってこようとはせず、入り口を捏ねるような仕草をしては、また離れていく。

「やぁっ」

　明らかに焦らされている動きに、文乃は涙目で藤平を見上げ懇願する。

　だが藤平は意地悪く笑うばかりだ。

　そればかりか、切っ先をずらして滑らせ、気まぐれに陰核を弄ったりする。そのくせ、

文乃が甘い声を上げるとすぐにやめてしまうのだ。

ギリギリまで高められているのに、なかなか決定的な快感を与えてもらえない。膨れ上がった欲求に、頭がおかしくなりそうだった。

「ほら、文乃。欲しいものを言って。どこに何が欲しいの？」

「あっ、あぁ、ん」

「もう、喘いでないで。ちゃんと言わなきゃずっとこのままよ？」

「やぁあああっ……」

蛇の生殺しのような状態に、とうとう文乃が泣きながら口を開く。

「おねがっ……もう、くださっ……！」

涙をポロポロと零しながら、快楽に蕩け切っただらしのない顔で乞う恋人を、藤平が同じくらい蕩けそうな顔で見つめた。

「うん。何を、どこに欲しいの？」

「な、成海くんをっ……私の、ここに……」

言いながら、手を伸ばして藤平の楔を摑んで、自分の蜜口に宛てがう。

文乃の精一杯のおねだりに、藤平が「うーん」と唸り声を出す。

「ちょっと物足りないけど、まあ、合格かな」

言うなり、ずぶりと一突きで根元まで挿入された。

「ひっ……！」

待ち望んだ快感を一息で与えられ、強過ぎる刺激にパチパチ、と目に白い火花が飛んだ。

「ぅ、わっ……！　文乃、締め過ぎっ……！」

背が弓なりになり、自分の膣肉が彼を引き絞るのが分かる。

ビクビクと身体を跳ねさせる文乃に、藤平が息を詰めながらも笑った。

「挿れただけでイっちゃったの？　ほんと、もう、かわい過ぎっ……！」

言って、ズルリと中から自身を引きずり出すと、再び勢いよく叩き込む。

「ぁううっ！」

藤平が両膝を掴み、文乃の身体をくの字に折り曲げるようにして、激しいピストン運動を始めた。

「あ、あ、あぁっ、ひ、ぁあ、ぃあああ」

腰と腰がぶつかり合う音と、文乃の愛液が掻き回される粘着質な水音が、寝室に鳴り響く。速く重い動きに、ベッドのスプリングが悲鳴を上げた。

パタパタと藤平の汗が頬に落ちる。いつの間にか閉じていた目を開くと、怖いくらいに研ぎ澄まされた目が、ギラリと自分を見据えていた。

その目に、またじん、と下腹部に熱が生まれ、蜜が溢れ出るのを感じる。

――ああ、成海くんを刻みつけられている……。

そんな実感に、心が満たされた。

子宮まで届きそうな勢いで叩き込まれ、鈍痛にも似た濃厚な快感が文乃の脳を痺れさせていく。

「ぁ、や、も、だめ、へんに、なっちゃう！　へんになるから……！」

経験したことのない愉悦の兆しを前に、本能的に怯えた文乃が泣きながら首を振る。

だが藤平は容赦しなかった。文乃の最奥を穿つ速度を上げた。

「変になっていいからっ……僕も、もうっ」

半ば叫ぶように言って、藤平が息を詰める。

最後に深い一突きをされた後、自分の内側で彼が弾けるのが分かった。

熱い飛沫が自分の中に注ぎ込まれる感覚に、文乃もまた愉悦の空を飛んだ。

額に彼のキスの感触を感じながら、文乃はゆっくりと意識を手放した。

＊・＊・＊

眠ってしまった文乃を見下ろして、藤平は奥歯を噛んだ。

——可哀想に。こんなに痩せてしまって。

一月《ひとつき》前よりも明らかに痩せた彼女の頬を、指でそっと撫でる。

こんなになるまで、どうして我慢していたのか。

どうしてもっと早く、自分に相談してくれなかったのか。

藤平は、セクハラやパワハラをかましてくる職場などすぐにでも辞めればいいと思っていた。彼女が無職になったところで、養えるだけの給料はもらっているし、彼女を養うことにまったく異存はない。むしろ、彼女が自分に養われてくれれば、ずっと目の届く所に置いておくことができるので、藤平としては願ったり叶ったりなのだ。

自分に依存させ、囲い込んで、自分だけのものにしてしまいたい願望はある。今まで気づかなかったが、自分にはどうも、好いた相手を自分に依存させたいという本能的な欲求があるらしい。

だがそれをしてしまえば、依存してしまった方は、藤平なくしては生活もままならなくなるのだ。それは、アイデンティティを藤平に預け切ってしまうことに他ならない。そんな状態で、人間が正気を保てるはずがない。

これまでの彼女たちが壊れたのは、これが原因だったのだろう。そして藤平のもとを去っていった。

それは自分で立てなくなった人間が、自力で歩いていた過去を振り返った時、過去を取り戻したいと切望するのと同じ理由だろう。

彼女を自分に依存させれば、彼女は壊れ、自分から去ってしまう。

それが分かっていたから、黙って傍観し続けてきたのだ。

本来ならば彼女を苦しめているセクハラ野郎を即刻訴え、社会的に抹消してやりたかった。彼女が集めているというボイスレコーダーの記録があれば、間違いなく勝てるだろう。

――身内に弁護士がいるのを、これほど頼もしいと思ったことはないな。

姉に何度か相談したら、怒りを炸裂《さくれつ》させながら「さっさと辞めさせなさい、そんなクソみたいな会社！」と怒鳴り散らされた。藤平もその通りだと思う。

それをしなかったのは、彼女が今の職に自分の存在意義を見出していることを知っていたからだ。

自尊心を置く場所は、一つであるべきではない。過去の経験から得たその信念は、自分への戒めだった。

――それなのに、ここまで文乃をボロボロにするなんて……！

あの会社は、彼女が大切にしていた、〝職〟という居場所と自尊心を、無残に穢して壊した。

藤平はギリ、と奥歯を噛み締める。

――絶対に許さない。

必ず報復してやる。

――まずは、例のＳＮＳアカウントからだな……。

一度こっそりと彼女のボイスレコーダーの内容を確かめたことがある。あれで社長のセクハラ・パワハラに関しての証拠は十分だろう。

あとは、彼女への嫌がらせの件だ。状況からして社長が絡んでいると見て間違いない。SNSアカウントに文乃のデスク周りの画像が貼られていたからだ。社内の人間じゃなければそんな画像を入手するのは困難だ。

アカウントを捏造している人物と、文乃の家のポストにイタズラをした人物が違う可能性もあるが、これだけ時期が重なっていることから、同一人物であると見ていいだろう。

そして、それらの嫌がらせをした犯人が社長自身である可能性と、別の人物である可能性がある。

だが、藤平は社長自身ではなく、他の協力者がいるのだろうと推測していた。あのアカウントに載せられている情報は女性特有の情報ばかりで、男性が知らないような化粧品に関する豆知識などマニアックなものもあった。無論、女性特有の情報に詳しい男性もたくさんいるので、推測の域を出ないが。

いずれにしても、あの会社の人間であることは間違いない。

やるべきことを頭の中で並べていきながら、藤平は文乃の頬にそっとキスをした。

彼女を守ろう。今度こそ。

「もう二度と、傷つけさせないから」

# 第七章　同害報復《どうがいほうふく》

午前八時。通勤ラッシュの混雑を掻い潜るようにして駅を抜け、いつもの通勤路を足早に歩く。職場である会計事務所の入っているビルは路地を入った場所にあるため、駅を抜けてしまえば人通りはまばらである。

午前中とはいえ既に気温は高く、スーツの中が汗で湿っていて不快だ。

藤平は中指で眼鏡を押し上げ、小さく嘆息した。

——早く仕事終わらないかな。

まだ始まってもいないのに、既にこの思考回路である。仕事人間である姉が聞いたら踵落としが降ってくるに違いない。

ここに姉がいないことを心底安堵していると、背中にドスンという衝撃を受けた。

「うぐっ……！」

「藤平！　ちょっと顔貸しな！」

据わった目でまるでヤクザかという台詞を吐いたのは、案の定、桜子である。

「大正桜子……いきなり歩いてる人の背中を鞄で殴るのは、傷害罪よ……？」

「うっさい誘拐犯」

暴力反対！　とジト目を向けて言った台詞に、桜子は怯む様子もなくやり返してくる。

藤平はそれにフンと鼻を鳴らした。

「誰が誘拐犯よ」

「文乃ちゃんを返せ、この人攫い！」

「あんたのものじゃないでしょ。っていうか、僕の恋人です」

「んもー！　文乃ちゃんとの連絡がつかないんだって！　あんたがスマホ取り上げて監禁してるんでしょ!?」

苛立ったように叫び出す桜子に、藤平は人差し指を立てて「しいっ！」というジェスチャーをする。

「人聞きの悪いこと言わないでちょうだい。確かに文乃は僕の所にいるけど、別に監禁なんてしてないわよ」

「じゃあなんで連絡がつかないのよ」

矢継ぎ早に質問してくる桜子に、藤平はやれやれと溜息を吐く。

「文乃は無事よ。そこは安心してちょうだい。……でもごめんなさい。あの子を傷つけた犯人を特定し社会的に抹消するまで、僕は誰も信用できないの。だから大正桜子とも接触させるわけにはいかない」

藤平の説明に、桜子が眉を吊り上げた。

「……はぁ!? え、それどういう意味!? 私がやったって言ってるの!?」

怒りの表情の桜子に、藤平がもう一度深い溜息を吐く。

「そうじゃないわ。大正桜子はそんな子じゃないって分かってる。でも、あんたも知らない内に、無意識に文乃の情報を誰かに流してしまっている可能性があるのよ。言葉で言わなくても情報は伝達する。それこそ、ストーキングしている人間にとっては、些細な行動――SNS一つとっても文乃の居場所を特定する情報源になるのよ」

藤平の言葉に、桜子が眉根を寄せ、手を顎に当てて考え込んだ。

文乃を装ったSNSアカウントの件を思い出したのだろう。

「あれ、すごく気持ち悪いよね。特定できそうなの?」

「今、弁護士を通じて運営企業に情報開示請求をしているところ。正攻法でダメならSEの友達がいるから当たってみようと思ってる」

「そっか……」

藤平が文乃のために動いていることを知ったからか、桜子はしゅんと肩を落とした。

「ごめん、勝手なこと言ったね。でも、心配だったから……」

桜子の分かりやすい謝罪に、藤平は口元を緩める。

「いいわよ。僕の方こそ、詳しいこと報告できなくてごめんね。あんたにはすごくお世話になってるのに」

文乃が危機に陥った時、桜子が藤平にメールの内容を伝えてくれなければ、今彼女はどうなっていたか分からない。

「文乃の心配をしてくれてありがとう。これからも、いい友達でいてあげてね」

そう言って微笑めば、桜子はくしゃりと顔を歪めて涙目になった。

「ばっか！　そんなの当たり前だよ！　私たち、親友なんだから！　ちなみに、私はあんたとも親友だと思ってるよ！　オネエだけど！」

「オネエは余計よ……」

結局いつものやり取りになってしまい、二人は顔を見合わせて笑った。

＊・＊・＊

文乃は薄暗い青色の景色をぼんやりと眺めていた。

この寝室はとても心が安らぐ。

この青く薄暗い視野が、海の底を連想させるからなのか。

——ううん。違うわね……。

心の中で否定し、目を閉じて鼻から空気を吸う。

シトラスの混じったグリーンノートと、わずかな体臭——藤平の匂いだ。

——ここは、成海くんの気配が濃いからだわ。

藤平に一番多く抱かれている場所だからというのもあるのだろう。

ここにいれば、彼を感じられる。彼に抱き締められているような気になれるのだ。

会社を飛び出したあの日から、文乃は藤平の家から一歩も出ない生活を送っていた。

外に出るのが怖かった。

また誰かにあんな蔑んだ目で見られるのではないか、また社長に会ってしまうのではないか、そして、あの気味の悪い嫌がらせをしてきた人物が、どこかに潜んでいるかもと思うだけで、血の気が引いて立てなくなってしまうのだ。

藤平は、そんな文乃を受け入れてくれた。

頑張れとか、大丈夫だから、などという追い立てるような言葉をかけたりもせず、ただ黙って「僕が嬉しいから、ここにいてちょうだい」と笑ってくれたのだ。

『外に出るのはまだ危ないかもしれないから、僕が戻ってくるまでは出ちゃだめよ』

心配性な藤平はそう言ったけれど、藤平が一緒でも外に出られないのだから、無用の心配だ。

——成海くんは、私を甘やかしてばかり……。

藤平の過保護さは、以前にも増して酷くなってしまった。

『まだ怖いでしょうから、精神衛生上、スマホは見ない方がいいわ。僕が預かっておくから』

そう言われて、スマホやタブレット、そしてノートパソコンも隠されてしまった。

ややもすれば、またあのSNSアカウントが妙なことを言っていないかを確認したい衝動に駆られる文乃には、必要なことだったと思う。

他にも、食事は出勤前に作り置きしてくれるし、文乃が会社を辞める件も、パワハラ・セクハラの事実を含めて知り合いの弁護士に依頼してくれると言っていた。

外に出ることはおろか、藤平以外の人間に会うことが怖くなってしまっている文乃の代わりに、彼が全てを行ってくれているのだ。

そして申し訳ないと思いながらも、文乃はそれを享受してしまっている。

まるで親鳥の巣の中で守られているような心地だ。

彼の気配に包まれて、揺蕩うように、半ばまどろみながら、文乃は時を過ごしていた。

＊・＊・＊

「そうか、分かった。ありがとう。……うん、僕も当たってみる」

藤平は苦い気持ちでスマホの通話を切った。

電話は姉からで、例のSNSアカウントの情報開示請求について企業から返事がきたという内容だった。

結果は——『応じられない』。

あのアカウントが文乃を装ったものであるという確固たる証拠がないため、個人情報を開示することはできないということらしい。

藤平はギリ、と歯軋りをした。

確かにあのSNSに載っていた情報では、〝池松縄文乃を装っている〟という証明はできない。カフェの画像も文乃がそのカフェに行ったという証拠はないし、メイク道具や靴も、その画像がアップされた後で文乃が購入したと言われればそれまでだ。クライアントからもらったデスクの上のぬいぐるみについても、こちらも数が少ないとはいえ百数十個は世の中に出ているから、文乃のものだと断定できるとは言いがたい。

——本当に、巧妙に作ってあるんだよな……。

訴えられることを想定して、決して不利にならないような情報しか載せていない。発作的なイタズラではなく、周到に考えられた嫌がらせだ。

正攻法がダメなら、別の形で特定するしかない。その方面に詳しい友人にも特定できないかと頼むつもりだが、自分でも何かできないだろうか。

あのアカウントは、社内の人物である可能性が大だ。

——なんとかして、あの会社に潜り込めないものか……。

それは現実的ではないが、こちらに情報を流してくれる人物がいてくれれば。

頭の中で策を捏ね繰り回しつつ自宅に戻ると、文乃がリビングのソファに猫のように丸くなって眠っていた。

藤平は足音を立てないようにそっと近づき、ソファの横に腰を下ろす。

文乃は深く寝入っていた。

白い頰に伏せられた長い睫毛の影が落ちている。呼吸の度に、その睫毛が、ふる、ふる、とわずかに揺れた。

まるで少女のように稚い表情だ。

——きれいだな……。

藤平は陶然とその寝顔を見つめた。

文乃は今、自分以外の人間を信用できず、ここを出ようともしない。

ここは今や、二人だけの、閉ざされた世界だ。

——僕と文乃だけの世界。

なんと甘く心地好いことか。

「ずっとこのままでもいいね……」

藤平は愛しい人の髪を梳きながら、うっそりと笑って呟いた。

＊・＊・＊

仕事が終わり、帰り支度をしながら藤平は嘆息した。

先ほど、姉からメールで、文乃の訴訟を社長へのセクハラ・パワハラの件のみに絞ってはと提案された。

確かにその件だけであるならば、証拠が揃っているのですぐに片がつくだろう。

だが文乃への脅威が残る。社長を訴えてしまえば、共謀していると思われる人物が逃げてしまう可能性が高いのだ。

どうしたものかと唸っていると、同じように帰り支度を終えた桜子が駆け寄ってきた。

「待って、藤平」

エレベーターに乗り込むところだった藤平は、「開」ボタンを押して彼女の到着を待った。

「お疲れ様、大正桜子」

「お疲れ様。えっと………例の件、どうなってる？」

知らない内に情報を流してしまっているかもしれない、と以前忠告したせいか、エレベーターのドアが閉まるのを待ってから話を再開した桜子に、藤平は苦笑する。

外で文乃の名前を出し、大声で訊いてきた時に比べたら、ずいぶんな進歩だ。

「膠着《こうちゃく》状態ってとこかな」

嘆息混じりに答えれば、桜子は眉間に皺を寄せた。

「あのね、柳吾さんが、気になることを思い出したみたいで」

「気になること？」

「そう。あの、ここじゃなんだから、一緒に来てくれる？　柳吾さんも来る予定なんだ」

「……いいけど」

文乃が待っているのでなるべく早く帰宅したいところだが、柳吾の話というのが気になった。話の流れから、文乃の件に関することだろうと予想できる。

エレベーターを降り、桜子について歩いて行くと、なにやら片手にスマホを持って、道案内アプリを起動している。どうやら柳吾との待ち合わせ場所を検索しているようだ。

「こっち！」

アプリの設定が終わったのか、桜子が指を差して進み出す。向かった先は新橋駅だった。

「なに？　ＪＲ線？」

「違う違う」

何が違うんだ、と思いつつ、帰宅ラッシュで混雑を極める駅を、なるべく人にぶつからないようにして歩く。桜子を追いかけて行く内に、やがて別の出入り口から外に出てしまった。

「ちょっと？　乗らないの？」

「うん。なんかアプリが駅を通り抜ける方法を採ったから」

「なるほど……」

「あ、こっち！　ホラ、藤平、信号青！」

うんざりしかけた藤平を、桜子が容赦なく追い立てる。

——文乃が待ってるのに……。

早く家に帰りたいと思いつつ、桜子の後を追っていると、やがて目的地に到着した。

「コインパーキング!?　そりゃウチの職場からコインパーキングってなると、駅周辺くらいしか……えっ、っていうか、なんでコインパーキング!?」

電車の路線が網の目のように張り巡らされた都内に住んでいて、車を所有する人間はあまりいない。ばか高い駐車場代や維持費を考えると、車を持っているのはよほどの車道楽者か、それなりに経済力のある人だろう。

車に興味のない藤平はもちろん持っていない。恐らく桜子もそうであるはずなのだが、そんな場所になんの用事があるというのか。

頭の中をクエスチョンマークで一杯にしていると、コインパーキングに停めてあった一台の車から、柳吾が降りてきた。

「やあ、藤平くん」

「ご、ご無沙汰しております、柳吾さん。あの、どうして車なんですか？」

柳吾が車を持っているとは知らなかった。桜子と同じ年季の入ったボロアパートに住んではいるが、確かに彼なら都内で車を持つことなど朝飯前だろう。なにしろ、世界的に有名な大作家様なのだから。その驚くべき事実を知った時には、さすがに冗談かと思ったものだ。

藤平の問いに、柳吾は肩を竦めた。

「レンタカーだ。いいから乗りたまえ。桜子も」

短く促され、よく分からないままに後部座席に乗り込んだ。助手席には桜子が乗り込み、ご丁寧に柳吾がシートベルトをつけてやっている。ラブラブか。

――あー。僕も早く文乃に会いたい……。

やがて準備を整えた柳吾が、ゆっくりと車を発進させる。

「えっと、それで、レンタカーをわざわざ借りて僕を乗せた理由は？」

まさか運転の練習に付き合えとか言うんじゃないだろうな、と疑心暗鬼になっていると、バックミラーで柳吾と視線が合った。

「どこに犯人が潜んでいるか分からない状況なんだろう？　レンタカーならば盗聴の恐れもないし、他の人間に会話を聞かれる心配もあるまい」

「……あ、なるほど……」

つまりレンタカーは、文乃の情報がまた犯人に悪用されないよう、万全を期してくれた結果というわけだ。

——そうか、この人、世界の大作家様だった……。

やることが多少大袈裟であっても無理はない気がする。

「——で、文乃に関する気になることって……？」

気を取り直して切り出した。これが今回の目的だ。

柳吾はゆったりと車を走らせながら、うん、と一つ頷いてから話し始めた。

「先日僕たちのアパートの大家さんと話すことがあってね。その時に彼から聞いた話なんだが……。二月《ふたつき》ほど前に、桜子の身辺を訊いて回っている若い女性がいたらしいんだよ」

「桜子の？」

意外な話に、藤平は眉を曇らせる。文乃の件でずいぶんと不穏な状況だというのに、桜子にまでそんなことが起こっていたのだろうか。

柳吾も硬い表情で「ああ」と首肯する。

「小柄なかわいらしい感じの娘さんだったそうだ。桜子と高校時代の同級生で、このアパートで彼女の姿を見かけたことがあったので、懐かしくなって来てみたんだと言っていたらしい。そして〝今、彼女ってどんな感じですか？〟と気さくな様子で訊いてきたと。だが大家さんはすぐに胡散臭いと感じたらしい。見かけて懐かしむのであればその時に追いかければいいはずだ。それなのに何故わざわざ日を改めて、いるかどうかも分からない時に訪ねてくるのか、と。それで、よく知らないから話すこともないと言って追い返したそうなんだ」

「なるほど……」

藤平は顎に拳を当てて考え込んだ。確かに胡散臭い。桜子の情報を引き出そうとしているのは間違いない。

「それ以来その女性が来たことはないようだが、文乃さんの件と時期も近いと言えば近い。おまけに、桜子と文乃さんは親しい間柄だ。もしかしたら、嫌がらせをしている犯人と何か関わりがあるかもしれないと思ってね」

二人が文乃のことを心配してくれているのが伝わってきて、藤平はじんときて頭を下げた。後部座席に座っているので二人からは見えないが、それでも頭を下げたかった。

「ありがとうございます。どんな些細な情報でも助かります。実は例のＳＮＳ運営会社に、捏造アカウントの情報開示請求を弁護士を通してしていたのですが、認めてもらえなくて……。自力で犯人を特定しなくちゃいけなかったところなんです」

藤平が溜息を吐いて言えば、柳吾と桜子が気の毒そうに眉を寄せる。

「そうか。それは大変だな……」

「私ほとんどやらないから分からないんだけど、あのSNSアプリって、よく〝個人情報特定！〟とか騒がれていたりするけど、簡単にできるものじゃないの？」

桜子の問いに、藤平は力なく笑った。

「確かに、個人情報をバンバン載せちゃう人もいるから、そういう人のアカウントは個人を特定されやすいと思うわ。でも、あの犯人はすごく慎重で、文乃を陥れるために必要な最低限の情報しか載せていないのよ。あの内容で犯人に繋がる情報を得るのは至難の業ね」

「そっか……」

しゅん、と桜子が肩を落とした。その頭を、柳吾が左手を伸ばしてポンポンとしてやっていて、藤平は心の中で「ハイハイハイ」と呟く。いつまで経ってもお熱いことで。

——でも僕たちも他人のこと言えないしな。

所詮、目くそ鼻くそである。

「あ、そういえば、結局その大家さんに大正桜子の情報を訊き出そうとしていた女性って、高校時代の同級生だったの？」

先ほどの話で気になったことを思い出し、藤平は訊ねる。

すると桜子は「まさか！」と首を横に振った。

「特徴を大家さんから聞いたけど、全然覚えのない人だったよ。まあ、大きくなってるから変わってる可能性はあるけど、でも高校生の時だからね。整形手術でもしていない限り、絶対に知り合いじゃないと思う」

「そうなの？」

言い切る桜子に、藤平は訊き返した。女性はメイクでずいぶんと顔が変わるものだという認識だったからだ。

すると桜子は肩を竦めて答える。

「そうだよ。だって下唇にほくろのある人なんて、今までの知り合いにいないもの！」

「下唇に……ほくろ……!?」

ザッと血の気が引いた。

下唇にほくろ――かなり珍しい場所にあるほくろだ。

頭の中に、吊り上がっていく唇の映像が蘇る。

先輩は笑っていた。とてもかわいらしく。

「……嘘だろう……」

絞り出すような、掠れた声が出た。

——そんな、国外にいるはずじゃなかったのか。

病室で土下座する夫婦の悲愴な表情を思い出す。二度と迷惑をかけないと、あの時そう誓ってくれた。

「藤平?」

藤平の様子がおかしくなったのに気づいたのか、桜子が後ろを振り返りながら心配そうに声をかけてきた。その声を無視して、藤平は柳吾に向かって怒鳴る。

「柳吾さん！　恵比寿方面に行ってください！　文乃の会社に！」

「は？　ど、どうしたんだ急に……」

血相を変えた藤平に、二人が目をパチクリさせた。

「お願いです！　早く！　大家さんが会ったと言うその女性は、過去に僕を刺した人です！」

本仁寿々《ほんじんすず》——嫉妬に狂い自分を刺した、忘れられない女性だ。

彼女とは付き合ってさえいなかった。感じの良い人だと思っていただけに、あんなことになるとは思ってもみなかった。だがだからこそ、自分の〝女の子デストロイヤー〟という異名を真剣に受け止める結果になった。

唐突な暴露に、二人が絶句するのが分かる。

だが今呆けているわけにはいかない。

「かなりヤバイ精神状態の人なんです！　僕を刺した後精神科病院に入れられて、その後国外に行かされたはずなのに、何故戻ってきているのかは分かりませんが。桜子の身辺を探っていた女性が本当に彼女だとすれば、あのSNSアカウントや嫌がらせの犯人である可能性が高い！　恐らく、僕の周辺にいる女性を調べていたんだと思います」

本仁はべらぼうに頭の良い人だった。知識を取り入れるのが好きで、専門教科だけでなく興味があるからという理由で様々な一般教養の授業を取っていて、研究室では〝単位の女王〟と呼ばれていた。彼女に何か訊ねて、答えが返ってこなかったことはないと言われていたくらいだ。

――本仁先輩なら、あの周到なSNSアカウントを作っていてもおかしくない……！

いつ頃から帰国していたのかは分からないが、恐らく日本に戻ってすぐ藤平の周辺を探ったのだろう。そしてまず仲の良い同僚の桜子を知る。桜子がSNSをやらないことから情報を集めにくく、自分で訊いて回るしかなかったのではないか。

――けど、大正桜子には柳吾さんがいることは、数日張り込みをすれば分かるから、ターゲットから外された。

そしてその後、文乃の存在を知ったのだろう。

「クソ！」

藤平は拳で自分の膝を殴る。バン、と硬い音がして、桜子と柳吾が息を呑む。

「――よく分からないが、要するに、君のストーカーだということか？」

「それが一番近いと思います。大正桜子を調べていたのも、僕と仲が良いからでしょう」

桜子が手で口を覆う。知らない内にまともではない人間に攻撃のターゲットにされていた事実に、ゾッとしたのかもしれない。

「そして、文乃のことを知って、嫌がらせを始めた。そしてあの嫌がらせをしている犯人は、間違いなく文乃の会社の人間なんです！　今の時間なら、まだ間に合うかもしれない！　僕は顔を覚えているから、彼女を捕まえることができる！」

早口で捲し立てた説明に、柳吾がニヤリと口の端を上げた。

「そういうことか。よし分かった！　僕に任せたまえ！」

言うなり、アクセルを踏み込む。ウォン、とエンジンが不穏な音を立てつつも、ゆっくりと加速されていく車に、柳吾がチッと舌打ちをした。

「日本車は無駄に性能がいいな」

「え、で、でも柳吾さん。スピード出し過ぎじゃない……？」

ゆっくりと、でも確実に上がっていくスピードに、メーターを見ている桜子が恐々《こわごわ》声をかける。

「急ぎだからな。あ、ここか」

言うなり、ウィンカーを出してハンドルを切った。スピードを殺さないまま急に道を曲がって、遠心力で身体が揺れる。

「きゃあ！　ちょっとぉおお！　スピード！」

桜子の悲鳴を聞きながら、藤平はスマホで姉に連絡を入れる。忙しい姉だが、珍しくすぐさま応じてくれた。

「あ、もしもし、姉さん。今大丈夫？」

『ちょうど手が空いたところよ。どうしたの？』

「多分だけど、嫌がらせの犯人、本仁寿々だったわ」

手短に説明すれば、電話の向こうでガタガタ、という物音が聞こえてきた。何かを倒したのか、姉の動揺が伝わってくる。

『なんですって⁉　国外にいるんじゃなかったの⁉』

「僕の女性の同僚を調べていた女がいたらしくて、その女の唇にほくろがあったそうよ」

盛大な舌打ちの音の後、忌々しげな低い唸り声が響いた。

『十中八九ビンゴじゃないの！』

「で、急ぎなんだけど、本仁さんのご両親に連絡つくかしら。僕、もう連絡先を消してしまっていて」

あの事件から何年も経過していて、もう連絡することはないだろうと思ったのだ。藤平の中では終わった事件だった。

――まさか五年も経ってから蒸し返されることになるなんて。

『私がやっておくわ。っていうか、じゃあ、あの会社にサイコパス女が入り込んでるってことじゃないの！』

「そういうことになるわね」

――会社に出入りしているなら、本人がいなくても連絡先や住所を聞き出すことはできるはず。

今文乃の会社に向かっていることを姉に言わなかったのは、弁護士を通して申し入れをするから待てと言われると思ったからだ。

――そんなの待ってられるか！

犯人が本仁寿々である以上、嫌がらせだけに留まるはずがない。あの時のように、文乃に危害を加える可能性が大いにあるのだ。

――早く、本仁寿々を捕まえないと……！

焦燥感が募り、拳を額に押し付けた。

文乃を追い詰めていた犯人は、自分のストーカーだった。

――結局、僕のせいだった……！　僕と付き合っていなければ、文乃はあんな目に遭わずに済んだはずなのに……！

〝女の子デストロイヤー〟

自分に付けられた忌々しい二つ名を、刃のように喉元に突きつけられた気分だった。

柳吾が運転する爆走レンタカーが、恵比寿にある文乃の会社の地下駐車場に入ったのは、それから十五分後のことだった。

薄暗い駐車場を車で下りていくと、ちょうど前方の奥の方に白い派手な車が見えた。

「イタリア製か。良い車だな」

車の顔を見て柳吾が呟いた時、その高級車のライトがパッと点灯し、エンジンがかかる。

「あっ！　文乃ちゃんの所のセクハラ野郎だ！」

桜子の尖った声に、藤平はバッと視線を向けた。

左奥の建物への入り口から、ネットで見たのと同じ顔が、右手でキーを高級車に突き出しながら、タラタラと歩いて来る。

怒りがふつふつと込み上げる。これまでに何度殺してやりたいと思ったことか。文乃が受けた苦しみを思うと、今すぐ横っ面を拳で殴打《おうだ》し、正拳突きを喰らわせて、回し蹴りで地に沈めてやりたい。

ギリギリとそんなことを考えていると、不意に柳吾がポツリと言った。

「……なぁ、藤平くん。駐車場で無人の車にぶつかった場合、必要なのは金だけかな？」

藤平はパッと柳吾の方を見る。柳吾は秀麗な美貌を愉快げにニヤリと緩めていた。

「……多分！」

藤平の答えに、柳吾が「うん」と笑った。

「金だけなら構わないかな。僕も文乃さんの件ではかなりあの屑男に腹が立っていてね。なにしろ、僕の桜子の親友だから。僕にとっても大切な女性だ」

柳吾の隣で、桜子がキョトンとした顔になっている。

「え……？　二人とも、なんの話をしてるの……？」

男二人の会話の意図を読み取れず、困惑の表情を浮かべる桜子に、柳吾がニコリと微笑んだ。

「桜子、悪いが一旦車を降りてくれないか？」

「へ？」

唐突な要求に、当然桜子は困惑を深める。

「な、なんで？」

「なに、すぐに済むよ。僕を信じて」

キリッとしたキメ顔で言う恋人に、桜子はうっすらと頬を染める。そして首を傾げつつも従ってくれた。惚れた弱みというやつだろうか。

「さて」

桜子が降車して離れると、柳吾がグンとアクセルを踏んだ。スピードが上がっていくにもかかわらず、柳吾はハンドルを切る様子を見せない。

進行方向には、あの白い高級車だ。

「ありがとうございます、柳吾さん。車の弁償代は、分割になってしまいますが必ず払います」

「なに、気にするな。世の中で一番解決が楽なのは、金の問題さ。そして奇しくも僕は大富豪《ビリオネア》だ」

目の前に迫る現実に、桜子が車の外で悲鳴を上げる。

「えええええ!?」

ドン!! という衝撃と同時にボン、とエアバッグが飛び出し、車内が煙で白く濁《にご》る。

ビービーと喧しい警告音が高級車から鳴っているのが聞こえた。

ぶつかるのが分かっていて身構えていたせいか、身体にこれといってケガのなかった藤平は、ドアを開いて外に出た。続いて、柳吾も車から出て来る。

「うわあああああ！」

向こうから叫びながら、社長が走り寄って来る。

「何してくれるんだ、あんたらぁあああ！」

半分泣きそうになりながら柳吾に摑みかかろうとする男に対し、藤平はその手首を摑んで背中に捻り上げた。

「痛ぇえ！　なんなんだ！　お前ら、訴えるぞ！」

訳が分かっていない男は、錯乱《さくらん》しながら喚き散らす。それを冷たく見下ろしながら、藤平は言った。

「やってみろよ。先にお前が、文乃へのセクハラとパワハラ、そして嫌がらせへの加担で捕まると思うけどな」

「は……？」

文乃の名前に、一瞬男がギクリとした顔をする。

藤平は怒りで腹が熱く煮えるのを感じた。このまま腕を折ってやりたい衝動に駆られたが、意志の力でやり過ごす。

「自覚があるようで結構だ。――本仁《ほんじん》はどこだ？」

「は？　誰だ、それ？」

恍《とぼ》ける気か、と拘束する手に力を込めた。男が痛い痛いと喚き散らす。

「本仁《ほんじん》寿々だ。お前が彼女と共謀して文乃へ嫌がらせをしていただろう」

藤平の言葉に、男が驚いた顔をした。

「ほんじん？　い、いい、もとにじゃなくて？」

「もとに？」

眉を顰めたものの、藤平はすぐに思い至る。

——そうか。本仁《ほんじん》を〝もとに〟と読ませていたのか。

あの会社に潜入しているのであれば、文乃の口から本仁寿々《ほんじんすず》の名が自分に伝わる可能性がある。それを回避するために、苗字の読みを変えたのだ。知恵の回るあの女らしい工作だ。

「なら本仁《もとに》でいい。本仁寿々はどこだ？」

藤平の問いに、男はふいと視線を逸らして沈黙を選ぶ。恐らく、本仁と共謀して嫌がらせをしてきたことを認めるわけにはいかないと思ったのだろう。

「お前と本仁が共謀している証拠はもう入手している。今更隠したって無駄だ」

証拠などまだ得ていなかったが、脅しにはブラフも必要だ。

男の目が泳ぐ。

「ネット上に情報を晒していなければ安全だと思ったか？　アカウントから発信元を辿るなんて、専門家にとっては朝飯前なんだよ」

言いながら、ぐ、と摑んだ腕を、更に可動域方向に曲げる。男が脂汗をかいて悲鳴を上げた。

藤平の言っていることは適当だ。だが、あまり詳しくない人間なら「そんなものかもしれない」と思ってしまう内容だろう。

精神的な不安を煽り、あとは肉体的な苦痛を与える——何かの小説に、自白させる時の方法として書いてあった——気がする。この際、真偽などどうでもいい。

「折るぞ」

短い脅しに、男が叫び声で言った。

「やめてくれ！　寿々なら、さっきおかしなことを言いながら帰っていったよ！」

藤平は眉根を寄せた。

「おかしなこと？」

「なんだよ、あいつ、どうかしてるよ！　文乃はまだ懲りてないから、罰を与えなきゃとか言って、スタンガンなんか持ってて……！　冗談だろうって取り上げようとしたら、いきなりスタンガンこっちに向けやがって……！　ヤバイよ、あいつ！」

藤平は胃の底が抜けるかと思った。

男を投げ捨てるように放すと、全力で駆け出す。

——文乃！

「藤平！」

背後で桜子の声がしたが、藤平の耳には入らなかった。

# 第八章　危機一髪《ききいっぱつ》

ぱかり、と瞼が開き、文乃は自分が今眠っていたことに気がついた。

むくりと起き上がってみると、そこはリビングで、またソファの上で昼寝をしてしまっていたらしい。

「うーん……」

首に手をやり、ぼぅっとする頭をふるふると振ってみる。時計を見れば、もう十八時だ。

「昼寝……ですらなくなっちゃったわね……」

最近どうも昼夜のバランスが狂ってしまっている。

こんなふうに昼間に眠るから、夜は目が冴えて、ベッドに入っても眠れないことが多い。

藤平も一緒にベッドに入るから、眠る彼の顔を青い薄闇の中でずっと眺めていることもある。

——最近、成海くんの寝顔を見ることが多いなぁ……。

昼に寝て夜は起きているのだから、日中働いている藤平の寝顔を見ることになるのは当然と言えば当然である。

それにしても、最近の藤平は疲れているのか、ベッドに入るとすぐ寝入ってしまう。

セックスの後も、以前は疲れ果てて眠ってしまうのは自分だったのに、最近は藤平の方が先に眠ってしまっている。

「疲れて……いるのよね、実際……」

税理士という仕事が大変なのはもちろんのこと、炊事や洗濯、掃除などにも手を抜かない彼は、家に帰って来ても常に動いている。その上、社長のセクハラ・パワハラや嫌がらせの件も「身内に弁護士がいるから任せて」と全て引き受けてくれたのだ。

疲れないはずがない。

心配性で過保護な彼は、引きこもりになった文乃に何もさせないようにしてくれている。

事件当初、文乃は藤平への負担を考慮できないくらい、精神的に参ってしまっていた。

彼の気配がないと落ち着かず、一度涙が出始めると彼に抱き締めてもらわなければ止まらなかった。ご飯もなかなか喉を通らず、藤平がリゾットやスムージーなど食べやすいものを作ってくれて、それをなんとか飲み込んでいた。

心と身体は表裏一体と言われるように、心を病むと身体も病むようで、身体が重く怠い日々が続き、酷い時には自力でベッドから出ることができないほどだった。

——私はこのまま動けなくなってしまうんじゃないだろうか……。

そんなふうに悲観的になったこともある。

だが、人間とは意外と頑丈にできているものだ。

幸運なことに、文乃は心も身体もタフな部類の人間だったようだ。

藤平が作ってくれる料理を食べ、たっぷりとした睡眠をとっている内に、少しずつ身体に力が入るようになってきた。

心の方も、自分が世話をされるだけだったのに、藤平の様子を気にかけられる程度には回復している。

藤平に依存しまくりの引きこもり生活を始めて、もう半月以上は経っているはずだ——多分。ずっと家にいると時間の感覚が曖昧になってしまい、最近では今日が何曜日なのか分からないことがしょっちゅうなのだ。

——このままじゃダメよね。

藤平の優しさに甘えてばかりいてはいけない。まして、彼が疲れを見せているなら猶更《なおさら》だ。

少しずつ、以前の自分を取り戻していかなければいけない。

彼の負担を少しでも取り除いていくべきなのだ。

「――よし……！」

文乃は言って、ソファから立ち上がる。

クラリと立ち眩みはしたが、しばらく不快感に耐えるとすぐに楽になった。

気を取り直して――と、両手でパンと頬を叩き、バスルームに向かう。

「顔を洗って、洋服に着替えて、ちゃんとした生活を、まず送らなきゃ」

自分に言い聞かせて、洗面所の鏡の中を覗き込む。

もっさりとした自分が映っている。ノーメイクで、寝起きのむくみ顔だ。

「うわ……ブス……！」

こんな顔をずっと藤平に見せていたのだろうか。

ガクリと肩を落とし、文乃は腕捲りをして蛇口のレバーを捻る。冷たい水に手を入れると、とても気持ちが良かった。

――今日は、ちゃんとして成海くんを迎えよう。

そして、してくれたたくさんのことに、ありがとうと伝えるのだ。

顔を洗い、着替えをし、薄くメイクまでし終わったらもう一時間は経過していた。

ちゃんとしようと決心はしたものの、身体は本調子ではないようで、以前のように素早くはできなかった。ほぼ寝たきりのような生活で、体力が落ち過ぎている。

それでも息切れしたり、眩暈を起こすことはないから、日常生活は問題なさそうだが、働くとなるとちゃんと体力をつけ直さなければいけないだろう。

「まずはご飯を食べること、よね」

これまでも藤平の作ってくれたご飯を三食食べていたが、藤平の負担を減らすために自分が作ろう。

文乃は料理が得意ではないが、作れないこともない。

リハビリを兼ねて、家事をこなすことから始めてみるのがいいかもしれない、と思い至り、早速今晩の食事を作ってみようと冷蔵庫を開けた。

「あ、豚肉と、ニンジンと玉ねぎがある。ジャガイモも……これなら、カレーが作れそう」

文乃がレシピを見ずに作れるメニューはわずかしかない。その内の一つがカレーである。やった、と喜んだものの、最後の材料が見つからない。カレーのルウだ。

——あっ！　そういえば、成海くんのカレー、ルウを使わない本格的なやつだった……！

ならば市販のルウの買い置きはないだろう。

「どうしよう……」

この材料で他のメニューといっても、レシピを見なければ作れない。レシピの検索をしようにも、スマホもタブレットもノートパソコンも、藤平が隠してしまっている。

「うーん……あ、買いに行けばいいんだ」

悩んでみて、不意にその事実に気がついた。

外が怖いから出なかっただけで、別に外に出てはいけないわけではない。

恐怖心から、自分が外に出るという選択肢を勝手に除外していた。

「……コンビニくらいなら、行けるかな……？」

長居せず、カレーのルウを買ってすぐ戻ってくるなら、大丈夫そうな気がした。

幸いこのマンションの隣はコンビニである。

——ダメなら、すぐ戻ってくればいい。

そう思い、文乃は財布を手にマンションの部屋を出たのだった。


エレベーターに乗り、エントランスに出ると、コンシェルジュの男性がニコリとして声をかけてくれた。

「こんばんは、藤平様。いってらっしゃいませ」

半月前に見た時と変わらぬ柔らかい笑顔に、文乃も微笑んで会釈を返す。

胸がドキドキとしたが、恐怖心はない。初めてのことをする時の緊張感に似ていた。

——意外と、大丈夫っぽい……。

案ずるより産むが易し、ということか。

自分は自分が思うよりも、回復しているようだ。

そう思うとやはり嬉しかった。そして嬉しいついでに、コンシェルジュからの呼び名に、顔がニヤけてしまう。このコンシェルジュは、文乃のことを「藤平様」と呼ぶ。多分藤平の連れ、という意味で、便宜上なのだろうが、それでもちょっと心が浮き立った。

笑みを浮かべながらエントランスの自動ドアを通り、ポーチに足を踏み入れる。

ポーチの中央に植えられた大きな花水木を見上げた時、声がかかった。

「池松縄さん」

聞き覚えのある声に、ギクリと身が竦む。

立ち止まった文乃の視界に、小柄な女性が現れる。ヒュッと喉が鳴った。

「やっと出てきたのね、害虫」

本仁だった。

文乃より少し短くしたくらいの髪形、文乃が着ているようなブラウス、文乃とまったく同じ黒のパンプス、そして、文乃とよく似たメイク——。

顔の作りや体形などまったく違うはずなのに、目の前にいる本仁は、自分とよく似て見えた。

『双子かと思ったよ！』

取引先でよくかけられた言葉を思い出し、ハッと息を呑んだ。

「も、本仁さん、あのSNSアカウントは……！」

どうして今まで気づかなかったのだろう。ちょっと考えれば、あれが本仁だとすぐに分かりそうなものなのに。

会社で社長にあらぬ疑いをかけられ、周囲から冷たい視線を浴びせられて、恐怖で錯乱し、まともにものを考えられなくなっていたのだ。

蒼褪めて問う文乃に、本仁はコテンと首を傾げる。

「どうして、成海くんはあんたみたいな害虫を家の中にあげちゃったのかしらね」

「は……？」

文乃は顔を引き攣らせた。

――何故、この人が『成海くん』と呼ぶの……？

ぶわり、と不愉快さが腹の裡に膨らむ。自分以外の女性が藤平をそう呼ぶのは我慢がならない。

文乃が殺気立ったのに気づいていないのか、本仁はほくろのある唇をニイと歪ませた。

「成海くんは優しいから、すぐあんたみたいな害虫が湧いてきちゃうの。目を離すとこれだもの。でも大丈夫、私がちゃんと駆除してあげるから！」

そう叫ぶように言って、本仁が文乃に向かって駆け寄ってくる。

「きゃ……！」

手に何かを持ち、こちらに向かって腕を突き出してくるのを目の端に捉え、文乃は悲鳴を上げて身を固くした。

「文乃ッ!!」

その刹那《せつな》、ガン！　という衝撃音がして、本仁の身体が斜めに揺らぐ。

「えっ……」

驚いて顔を上げれば、数メートル先から藤平が必死の形相で駆け寄って来るのが見えた。遠目からでも汗みずくで、靴を片方履いてない。

あ、と横目で後頭部を押さえている本仁を見て、靴を投げたのだと分かった。

「成海くん！」

「文乃！　こっち来て！」

藤平が駆け寄りながらも腕を広げる。文乃は考える前に、その腕に向かって走り出していた。

飛び込んだ胸は、汗でぐっしょりになっていた。湿ったシャツまで彼の体温で熱い。それでもどうしようもなくホッとして、文乃は思い切り抱き着いた。

「なんでェ!?　なんでよォ！」

背後から悲鳴が聞こえ、ギクッとしてそちらを振り返る。

本仁が片手で自分の髪を掴み、今にも泣き出しそうな顔で叫んでいた。

「成海くんんん!!　どうしてそんな害虫を抱き締めるのォ!?　それは害虫でしょう!?　駆除しなきゃいけないいんだよォ!?」

瞳孔の開き切ったその表情に狂気を見て、文乃はゾッとする。

「文乃、僕の後ろに隠れて」

藤平の硬い声に、文乃は急いで指示に従った。

それを見た本仁がまた泣き叫ぶ。

「だからなんで害虫を庇うのォオオオオ!?　おかしいよ、成海くんが庇うのは、私でしょォオオ!?」

髪を引き抜かんばかりに掴み、涙を流しながら叫ぶその様子は、どう考えても常軌を逸していた。

藤平は警戒するように、文乃を庇いながらじりじりと本仁と距離を取る。

「本仁《ほんじん》先輩、あなたは海外に行っているはずじゃなかったんですか？　どうして日本に？」

本仁の問いには答えず、別の問いを返した藤平に、本仁はキョトンとした顔になった。

直前までものすごい形相だったのに、コロリと普通の顔に戻る様子も異様で、文乃は藤平のシャツを握る。

「成海くんに会いたくて帰ってきたのよ？　パパとママ、成海くんの話題を出すと不機嫌になっちゃうから、面倒くさくて成海くんのことは忘れた振りをしたの。そしたら帰国を許してくれて、もう好きにしていいって言われたわ！　今度こそ幸せになりなさいって！やっと私たちのこと認めてくれたんだよ！　成海くん！」

ね、嬉しいでしょ？　と本仁ははしゃいだ声で語りかける。

藤平は用心深く本仁を観察しつつ、一瞬どこか遠くを見た後、確認するように小さく頷いた。それから本仁に向かって、低い声で唸るように言い捨てる。

「やめろ！　反吐《へど》が出る！　妄想はたくさんだ！」

「……成海くん？」

藤平の言葉に、本仁が信じられない、というように目を見開いて固まった。

藤平はそれを鼻で笑い、容赦なく畳みかける。

「あなたは僕の恋人ではないし、恋人であったこともない。それどころか、加害者だろう！　五年前、あなたはその妄想で僕の腹を刺し、それを警察沙汰にしない代わりに、僕や僕の周囲の人たちには一切接触をしないと約束したはずだ。それを破ってここにいる上、僕の恋人に嫌がらせをした。……何が幸せだ。僕の大切な人を傷つけておいて、よくもそんなこ——」

「イヤアアアアアアア！」

藤平の台詞の途中で、本仁が獣じみた雄叫びを上げてしゃがみ込んだ。

「違う！　違う違う違う！　成海くんが選ぶのは私！　だって私に笑ってくれたじゃない！　私の唇のほくろをキュートだって言ってくれたじゃない！　パエリアを作って食べさせてくれたじゃない！　私たちは運命なの！　運命なのよ！」

気が触れたようにバンバンとポーチの床を叩きながら、本仁が喚き散らす。

「僕の運命の人はお前じゃない」

藤平は底冷えのするような眼差しで本仁を見て、そう切り捨てた。

俯いていた本仁の頭がおもむろに上がって、黒く縁どられた小さな目がぎょろりとこちらを見た。

その次の瞬間、本仁がずっと手に持ったままだったものを突き出すようにして、こちらに向かって走り出した。

「やっ……！」

文乃は恐怖で咄嗟に目を瞑る。

だがいつまでも衝撃は来ず、代わりにビタン！　という盛大な音がして、「放せ！　私に触るな！」という本仁の喚き声が聞こえてきた。

恐る恐る目を開くと、本仁はポーチの床にうつ伏せに倒され、その上に先ほど会ったマンションのコンシェルジュの男性が乗っていた。そして暴れようとする本仁をロープで拘束している。

どうやらポーチでの騒ぎに気づいて駆けつけてくれたらしい。

藤平が目で合図を送っていたのは、彼へ向けたものだったのだ。

へなへなと座り込む文乃の身体を、藤平が腕の中に抱きとめた。

そのままギュウッと痛いほどの力で抱き締められる。

「ごめん……！　ごめんね、文乃……！　ごめん……！」

文乃を腕の中に閉じ込めたまま、何故か藤平はひたすら謝り続けた。

そんな彼の背中を抱き締め返しながら、文乃は首を横に振る。

「……どうして？　成海くんは助けに来てくれたのに……」

だが藤平はなおも謝り続ける。

彼の謝罪が雨のように降る中、パトカーのサイレンが遠くから聞こえてきた。

# 第九章　愛執染着《あいしゅうぜんちゃく》

本仁寿々は駆けつけた警察官に逮捕され、連行されていった。

文乃と藤平も事情聴取され、長時間警察署で過ごすことになりかけたが、弁護士である藤平の姉が来てくれたことで、その日はひとまず帰宅を許された。

ポストへの嫌がらせの際に被害届を出していたことも功を奏したようだった。

藤平の姉とは、ポストの一件があった後、一度会ってセクハラなどの被害について相談していたのだが、あの頃の文乃は他人にまで注意が及ばず、あまりよく覚えていなかった。

よって今回初めてまじまじと見ることができたのだが、あまりに藤平とそっくりな顔に、目が点になってしまった。

「あのクソ社長がこれまでしてきたセクハラ・パワハラについても説明してきたわ。間違いなく芋蔓式にあいつも共謀してたことが証明されるから、安心して」

そう言ってにっこりと笑う顔は、女版藤平成海でしかなかった。

「ウチの弟をよろしくね、文乃ちゃん。かなり事故物件だけど、根性悪ではないから」

帰り際、藤平と文乃をタクシーに乗せた彼女が、パチンと美しいウインクを寄越した時には、この天然ジゴロっぷりは遺伝なのだと実感した。

帰宅後、藤平と文乃は交互に入浴し、有り合わせのピラフを食べて、早々にベッドに潜り込んだ。お互いにヘトヘトだった。

ベッドの中で、藤平が本仁のことを説明してくれた。

本仁が藤平の大学時代の先輩で、互いに好意は持っていたものの、付き合う関係ではなかったこと。藤平が親しかった女性の友人に嫉妬した本仁が、彼女を刃物で刺そうとし、それを庇った形で藤平が刺されたこと。そして、警察沙汰にしない代わりに、国外に出して二度と関わらないよう約束させたことなど。

薄青い闇の中、背後から藤平に抱かれながら、彼がぽつん、ぽつんと喋っていくのを、文乃は半分まどろみながら聞いていた。

「思えば、唇のほくろをキュートって言ったり、パエリアを振る舞ったり、確かにしたのよ。彼女はあのほくろがコンプレックスだったみたいだし、僕がそれを言うことで少しでも自信を持てるなら、と思っただけだったの。パエリアだって、僕は人に料理を食べてもらうのが好きだから、彼女が特別ってわけではなかった。……軽率だったのよ。善意には善意しか返ってこないと、どこかで思っていたのよね。でも善意なんて、見方を変えればいくらでも悪意に引っ繰り返るし、悪意以外のどんな解釈だってされちゃうのよ。少し考えれば分かることなのにね……」

自嘲めいた口調に、文乃はコトリと背後の藤平の身体に後頭部を預ける。

「……私は、善意には善意を返す成海くんを尊敬しているし、あなたの善意で今、私は生きているの。他人の善意を信じる成海くんを、愛してるよ」

藤平が過去の自分の行いを後悔しているのを感じ取れて、少しでも彼の苦悩を取り除きたかった。

言い募る文乃に、藤平は答えなかった。

ただ黙って、彼女の身体を抱き締めたのだった。

＊・＊・＊

本仁と共謀して自社の女性社員へ嫌がらせをし、更には暴行を幇助したとして、社長が幇助の容疑で逮捕された。そしてその動機が、被害者の女性が自分に靡かないことへの腹いせであり、長年セクハラ・パワハラを行ってきたという事実も報道された。証拠としてボイスレコーダーの音声を提出し、捏造されたＳＮＳアカウントも晒された。現在このアカウントは削除されている。

有名人である彼の逮捕は瞬く間に情報が拡散した。不祥事の大きさに株主総会が開かれて彼を社長から解任し、新たな社長を迎えることになったと発表された。

本仁寿々は精神鑑定を受けることになっている。

文乃の身に起きた怒濤のような事件は、こうして幕を閉じた。

＊・＊・＊

文乃は脱衣所で、パンパンと柏手を二回打ち、手を合わせてぐぬぬと目を閉じる。

拝んでいるのは、美しい緋色をした紐――こと、勝負パンツ様である。

――パンツ様、勝負パンツ様！　どうかまたお力をお貸しください！

心の中で気合を入れてたっぷりと祈った後、一礼しておもむろにそれを身に着ける。その上には、直接バスローブ。ブラは着けない。

藤平が交際をＯＫしてくれた時にもお世話になったこのおパンツ様だからこそ、今回のこの大勝負にも力を貸してくださるに違いない。

――そう信じて、いざや！

文乃は唇を引き結び、藤平の待つ寝室へと向かった。

寝室では、藤平がクッションを寄せたヘッドボードに背を預けて、バインダーを開いていた。どこからか卓上ライトを持ってきてサイドボードに載せ、灯りを採っている。

文乃が寝室に入ってくると、一瞬クッと眉根が寄った。それからすぐに表情を戻し、眼鏡を中指で上げながらニコリと微笑んだ。

「どうしたの？　今日はパジャマじゃないのね」

その笑顔を見て、文乃は胸に重石《おもし》を乗せられたような気持ちになる。

——やっぱり、もう、無理ってことなのかしら……。

思い出すのは、桜子の言葉だ。

『アイツの社交辞令の時の笑顔って、すっごく気味が悪いの。顧客に対する時と同じ、いかにも好青年です〜っていう胡散臭い笑い方。でも文乃ちゃんに向けてた笑顔は、そんな嘘っぽいのじゃなくて、本当に笑ってる顔だったんだよねぇ……』

あの時には唯一の希望にも思えたこの言葉が、今は文乃を不安に引き摺り込む悪魔の手のように思える。

今文乃に見せた笑顔は、まさに桜子の言っていた『胡散臭い笑い方』だ。

つまり、社交辞令の笑み——本当に笑っているわけではない。

自分は、藤平にとって『社交辞令を向ける相手』になってしまったということだ。それはもう恋人なんかじゃない。

——どうして、こんなことになってしまったんだろう……。

胸が張り裂けそうになりながら、文乃は唇を噛んだ。

藤平がこうして文乃と距離を置き始めたのは、文乃が本仁に襲撃されたあの日からだ。

同じベッドで寝起きし、一緒にご飯を食べ、休みの日にはソファに二人座って映画を観る——一見これまでと変わらない日常を送っているのだが、藤平がよそよそしいのだ。

それまで所構わずキスをしたり触れたりしたがる男だったのに、今はソファに座る時も拳二つ分開けている。キスも文乃がねだればしてくれるが、自分からすることはなくなった。するとしてもバードキス。ディープキスなど、絶対にしない。

当然のことながら、あれ以来セックスもない。

忙しい仕事だし、疲れているのだと言われればそれまでだが、今までの藤平を知っているだけに、今のこの状況は違和感があって仕方ない。

これらの状況が示しているのは——藤平が、文乃に飽きたということだ。

そして哀しいことに、飽きられる、いや、呆れられる原因を山のように思いついてしまうのだ。

——いくら少し精神を病んでたからって、成海くんが優しいのを良いことに、自堕落な生活を送りまくって、彼に負担をかけまくったもの……！

あの時の自分を思い返すと、自分ながら恥ずかしい。心を病んでいない状態であれをすれば、普通に人は離れて行ってしまうだろう。

だが、心を病むとあんなふうに身体が動かなくなってしまうものなのだと、実感させられた出来事でもあった。そして藤平がそれを理解してくれているのだと、彼の愛情と親切心に胡坐《あぐら》をかいていたのは否めないのだ。

——私に呆れて、もう愛情を感じられなくなったのであれば、仕方ないのかもしれない。

しかし、である。

そう簡単に引き下がれるのであれば、勝負パンツ頼みなどしないのである。

——やるわよ、文乃！　女は度胸！

「成海くん」

「なあに？」

文乃は藤平の顔を見たまま、目の前でバッとバスローブを開いた。ポロンと小ぶりな乳を丸出しにした、真っ赤な勝負おパンツ様一丁を御開帳である。

「——」

バサ、と藤平の手からバインダーが落ちる。金剛力士像の阿形《あぎょう》の如く、口をあんぐりと開けた憤怒の形相だ。

いやはや、是非もない。

自分の恋人が春の夜に出没する露出狂と同じことをすれば、そういう反応になるよね、なるなる。超共感。

だがしかし、変態の烙印を押されたとて、文乃にも譲れぬものがある。

——ただ諦めるなんて、私にはできないのよ、成海くん……！

『拗らせ〝運命の人〟厨』舐めんな。どうせ少女漫画大好きだよ、この野郎！

心の中でよく分からない文句を繰り出しながら、文乃はスルリとバスローブを脱いでギシリとベッドに上がった。

「あ、文乃……？　どうしたの、そんな恰好……か、風邪ひいちゃうわよ」

明らかに狼狽した藤平が、文乃のちょうど左肩くらいを凝視して喋る。

「成海くん、どこ見て喋っているの？　そこ、何か見えてるとかお願いだから言わないでね？」

文乃は、周囲の人間がもし霊とか見える人だったら、それを自分には一生告げないでほしい程度にはビビリである。

すると藤平は眼鏡を外して瞼を揉みながら、呻くように言った。

「いや見えちゃってるに決まってるでしょ！」

「ひ、ぎゃあああッ！」

仰天した文乃は、咄嗟に目の前の藤平に裸のまま抱き着いた。むに、と硬い胸板に自分の乳が潰されるのが分かる。小さくても乳は乳。それなりに弾力と存在感はあるのである。

――あ、成海くんの匂いだ……。

抱き着いたことで彼の体臭がして、ホッと安堵を覚えた文乃は、次の瞬間ベリッと音がしそうな勢いで引き剝がされる。

「っ、ぁあああっ！　もぉおおおっ！」

聞いたことがないような声で叫ぶ藤平に、引き剝がされたショックも相まって、涙がじわりと込み上げた。

「……っ、なんで……？　私、何かしたかな……？　成海くんに嫌われるようなことしたなら、言ってほしい。謝るし、ちゃんと直すわ。だからお願い……別れるなんて、言わないで……」

両手で顔を覆ってポロポロと涙を流す文乃に、藤平はしばし沈黙する。

――ああ、やっぱり、もうダメなのかな……。

優しく抱き締めてくれたあの腕は、もう自分のものではなくなってしまったのだ。

そう思ったら、また鼻がつんとしてきて、涙が溢れ出てくる。

止めることができず、しくしくと泣いていたら、いきなりガバリと抱き締められた。

――えっ？

「違う！　そうじゃないわ。文乃は全然悪くない！　悪いのは、全部僕なの！」

ヒシと文乃を抱き締めたまま、藤平が葛藤の滲む声を絞り出す。

てっきり別れを切り出されるのかと思っていた文乃は、唐突な抱擁に驚きながらも、頭にはネットで調べた記事が浮かんでいた。

「そ、それ、浮気をした男の人が、言い訳をする時に使う前置き……」

「違う！　浮気なんかしてません！」

文乃の推測に、藤平が血相を変えて否定する。

「じゃあ、どういうこと？」

藤平の腕の中から顔を上げて、彼の眼鏡の奥の目を真っ直ぐに見上げて訊ねた。

藤平はしばらく黙っていたが、やがて深い溜息を吐いて腕の力を緩める。それから思いつめた目をして、「言ってなかったことがあるの」と切り出した。

「僕は昔、〝女の子デストロイヤー〟っていうあだ名をつけられていたの」

「女の子デストロイヤー？」

文乃は鸚鵡返しをした。直訳すれば〝女の子壊し屋〟。あまり気持ちのいい言葉ではないことは確かだが、そんなに悲愴な顔で言うことでもない気がする。どちらかといえば笑い飛ばす系のあだ名である気がするのだが……、と思いつつ、話の腰を折らないよう、黙って耳を傾けた。

「そう。僕を好きになる女の子は、みんな壊れちゃうから」

——そういえば、前も似たようなことを言ってたな……。

そう思い出しながら、文乃は訊ねる。

「こ、壊れるって？　どういうふうに？」

「僕に対する執着心が異常に強くなっていくの。嫉妬深くなって、束縛していないと気が済まなくなる。最初はみんないい子なの。優しくて明るくて……でもそれがどんどんおかしくなっていく。本仁先輩はその最たる人よ」

語る藤平は、どこか歪んだ自嘲めいた笑みを浮かべていた。

なるほど、と文乃は思う。

確かに藤平は、好きになった相手を無意識に依存させようとする傾向がある気がする。

相手が居心地の良いよう、先回りして全部整えてしまうし、それを当然だと思っている節がある。美しい容姿、美味しいご飯、優しい言葉、気持ちいいセックス——女性が欲しがる全てのものを与えて、ドロドロに甘やかす。気がつけば相手は、それが普通の状態にされてしまっている。だから一度その幸福を脅かす何かが現れれば、手の中の幸福を守ろうと躍起になる。

嫉妬深くなったり、執着心が強くなっていくのは、致し方のないことなのかもしれない。

更に性質《たち》が悪いのは、それが藤平の特性であるだけだという事実だ。

誰にでも親切であるという善性。彼は困っている人を見過ごせない。困っているなら力になってあげたいと、見返りを求めず手を差し伸べるタイプだ。

藤平にとっては他意なくただの親切だったとしても、イケメンに親身になってもらい優しくされた女性はよほど心が強靭な人でなければ夢中になってしまうだろう。

彼が親切にすればするほど、恋のライバルが増えていくといった事態になるわけである。

――お姉さんが『事故物件』だと言ってらしたのが分かる気がする。

愛する相手としては、なかなかに厄介な男性だ。

ズブズブに依存させられて離れられなくさせておいて、無意識に不安ばかり増やす男。安心なんか一生できやしない。

「僕は、本仁先輩に刺されてから、次に付き合う子は一生愛する人だと決めていた。付き合ってすらいなかった人を、あそこまで狂わせてしまったんだ。友人が付けたあのあだ名を笑い飛ばすことなど、もうできなくなってしまっていた。壊したくないとも思っていたけれど、僕と付き合って壊れてしまっても、一生離さず愛し続ければいいと、そう思っていたんだ。でも……」

藤平は恐る恐るといったように文乃に手を伸ばした。

文乃はそれを受け入れて、頬擦りをする。いつも温かいはずの彼の手は少し冷たかった。

「君が本仁先輩に刺されるかもしれないと思った時、自分を殴りつけたくなった。本仁先輩は、僕がばかだった頃の罪の象徴だ。僕のせいで壊れた人たちを、僕は見捨ててきた。そのせいで、文乃を傷つけることになってしまった。僕が壊さなくても、僕が壊してきた誰かに、君を壊されてしまうかもしれない。そう思ったら、僕は君の傍にいるべきではないと思ったんだ」

文乃は吐息を漏らすように笑った。

「あなたが守ってくれたわ」

「でもまた他の人が来るかもしれない。僕が狂わせてしまった……」

「またあなたが守ってくれればいい」

「守るよ。守りたい……でも、間に合わなかったら？　また君が傷つけられたり……殺されてしまうかと思うと、僕は……！」

怖い、と悲愴な顔をして言葉を吐き出す藤平に、文乃はそっと顔を傾けてその唇にキスをする。

「傷つけられた私を、あなたは愛せない？」

文乃は一番訊きたかったことを訊いた。彼は今でも、自分を愛してくれているのか。

藤平はフルフルと顔を横に振る。強い眼差しだ。

「どんな君でも、僕は愛する」

文乃はふわりと笑った。

――それならいい。それだけでいい。

「なら、傷つけられても、私を愛して。ボロボロになって、雑巾のように醜くなっても、変わらず愛して。そしてもし私が死んだら、あなたも死んで。あなたが死んだら、私もすぐ死ぬわ。愛する者を遺していきたくないし、遺されたくもないから」

藤平は食い入るように文乃を見つめていた。うっすらと涙の滲むその美しい目に、文乃は唇を落とす。そして、ゆっくりと望みを吐き出した。

「離れないで。――離さないで」

「文乃」

藤平が名前を呼んでくれた。嬉しい。

唇をペロリと舐めれば、すぐさま食らいつくようなキスが返ってきた。

「ん、ん、ぅん、ふ、ぁん――」

激しく口内を蹂躙されながら、ベッドに押し倒される。

「文乃、文乃、文乃――」

藤平は文乃の全身を余すところなく舐め回したいというように、ありとあらゆるところに舌を這わせた。唇、頬、鼻、額、顎、耳、首、項、胸、乳首、腹、腋、腕、背中――そして股間に辿り着いた時、彼は少し笑った。

「これ……」

文乃は快感に息を切らせながらも、唇を尖らせる。

「勝負パンツよ。あなたが私に冷たくするから、またこのおパンツ様に頼るしかなかったの。最後に一度だけ、力を貸してって。今日振られたら、諦めようって」

するとと藤平がぎゅうっと彼女の腰に抱き着いた。

「危なかったな……。でも、君に捨てられるデッドラインは、その勝負パンツってことね。よく分かった。今度からはまず君が何を穿いているかを確認してから喧嘩をしよう」

その台詞があまりに真に迫っていて、文乃はふっと噴き出してしまう。

「パンツを確認してから喧嘩？」

「ああ、そうしたら最速で仲直りになるわね。僕が君のこの姿を見て、抱かずにはいられないだろうから」

「なにそれ！」

思わず弾けるように笑い出してしまう。ムードもへったくれもないなと思っていると、藤平がスルリとTバックを抜き取った。次いで自分の着ていたものを手早く脱ぎ去ると、二人は生まれたままの姿で互いを見つめ合う。

藤平は相変わらず逞しく、しなやかで、息が止まるほど美しかった。

彼の陰茎が既に腹につきそうなほど反り返っているのに目を留めて、文乃はそっとそれに手を伸ばす。

指で触れると、それはビクンと生き物のように跳ねる。藤平が息を詰めた。

「っ、文乃？」

「これ……舐めてもいいかしら？」

「文乃？」

その戸惑った口調に、文乃は少し頬を赤らめる。

「だって……フェラチオって、恋人同士では普通にする愛撫だって書いてあったわ。成海くんはセックスの時、いつだって私を気持ち好くしてくれるけど、私からしたことはないから……やってみたいと思って。ダメ？」

上目遣いで訊ねれば、藤平は一瞬絶句したかと思うと、額に手を当ててゴロリと仰向けになった。

「それは反則でしょう……！」

「ダメなの？」

なおも言い募ると、しばしの沈黙の後、藤平が小さく「……いいわよ」と呟いた。

許可を得て、文乃は早速藤平の脚の間にちょこんと座る。

男性器をここまでしっかりと観察したのは初めてだ。こうして間近で見ると、これだけで小さな生き物のようで、なんだかかわいく見えてくる。

「じゃあまず……優しく握って」

「これくらい？」

指示に従って軽く握れば、掌に吸い付く絹のような感触だった。だが絹は冷たいが、これはものすごく熱い。

「もう少し強くて大丈夫。そうそう……そのまま軽く扱いて。そう、上手」

言われるがままに手で肉竿を扱いていると、藤平の吐息に甘さが滲んできた。その声があまりに艶っぽく、なんだか胸がドキドキしてくる。じん、と下腹部に熱が灯った。

「手を動かしたまま、先を舐めて」

どきん、と心臓が鳴った。自分で舐めたいと言ったのだから当たり前だが、彼の性器を口の中に入れると思うと、やはり勇気が要る。

——だけど、成海くんはいつも私にやってくれる……。

なのに何故自分がしないのか。

文乃の理由は、ただ恥ずかしいからだった。興味はあったし、藤平が悦んでくれるなら嬉しい。

文乃は頭を下げていき、舌を伸ばしてそっと小さな孔をペロリと舐める。

透明な先走りの味が伝わってきた。——少し、塩辛い。

一度舐めてしまえば抵抗感は薄れていき、ペロペロと猫のように切っ先を舐めた後、パクリと咥えてみた。

「っは……」

藤平の吐息がまた聞こえた。

感じてくれているのだろうか。そうだとしたら嬉しい。

そう思って夢中で舐めていると、藤平の手が文乃の尻の双丘を掴んだ。

「ふぁっ」

「文乃、僕の上に跨がって」

言いながら、藤平は文乃の片足首を掴んで、彼の上に跨がせる体勢を取らせてしまう。

「えっ！　やだ、こんな恰好！」

「でも、これだと文乃に舐めてもらいながら、僕も文乃を舐められる」

「ひああっ！」

レロ、と一番敏感な部分に舌を這わせられ、文乃は反射的に悲鳴を上げた。

藤平はそのまま愛撫を続けてしまう。花弁を丹念になぞられ、その間の蜜口を舌先が抉じ開ける。中に入り込んだ舌が、内部の襞を柔らかく撫でたり押したりする。

彼のもたらす緩やかな快感に、文乃は小さく身体を揺すり声を上げた。

「ほら、文乃もちゃんと舐めて」

言われて、自分が彼のものを掴んだまま何もしていないことに気づく。慌ててそこにちゅ、とキスを落として、再びパクリと咥えてみる。

恐らく、膣の中での動きを真似れば気持ちいいのだろうと推測し、吸い上げてみたり、舌でくすぐってみたりする。

だが途中で彼の愛撫からの快感が与えられ、気が逸れてフェラチオに集中できない。

どちらも中途半端になるもどかしさに、変に煽られた欲望がじくじくと文乃を苛み始めた。とろりと自分の中から愛蜜が蕩け出すのが分かる。口淫で浅い所ばかりを弄られ、かえって奥がどくどくと疼いた。

腰をもじもじと揺らし始めた文乃に、藤平が笑って言った。

「文乃、もう欲しいんじゃない？」

直球の問いに、いつもなら恥ずかしがる文乃だったが、今回は素直に頷いた。

「うん……、もう、欲しい。成海くん……」

頬を上気させ、口淫で顔中を涎塗れにしながら、大きな瞳がとろりと蕩けた彼女の顔に、藤平がくつりと喉を鳴らす。

「ああ、本当に……絶対に手放せるわけないじゃない……！」

「成海くん……！」

なおもおねだりするように恋人の名を呼ぶ文乃に、藤平は身体を起こして四つん這いになっている柳腰を両手で摑んだ。

「あっ……！」

顔をこちらに向ける文乃の眼差しが、期待にうるうると潤んでいる。

「あー……もう、本当にかわいい……」

蕩けた蜜口は、ピンク色の襞をひくひくと垣間見せながら涎を零していた。藤平は己のものを宛てがった瞬間、一気に貫いた。

「ひぁあっ！」

間髪を容れず、そのまま獣のように腰を振りたくった。

「あ、あ、あ、あ、ぁあ！　ぃ、ぅああ！」

彼が一突きするごとに、文乃が甲高い嬌声を上げる。

文乃がよく濡れているせいで、水音がいつもより濃く淫靡に響き渡った。

勢いよく突いたかと思えば、今度は限界まで押し込んで、最奥を切っ先でグリグリと捏ねられる。

「あ、あ～っ、あ、は、は、あぁ、だめぇ」

重怠《おもだる》い痛みと紙一重の愉悦が、文乃の脳を白く麻痺させていく。

涎を垂らして喘ぐ文乃の顔を強引に後ろに向けてキスをしながら、藤平はうっそりと呟いた。

「ああ、文乃、嬉しいよ……もう、ずっと一緒だ。壊れても、死んでも、ずっと」

「む、ふ、うん……うん」

苦しい体勢で、伸びてくる舌に懸命に応えながら、文乃は藤平の呟きに何度も頷きを返す。藤平が本当に喜んでいるのが伝わってくる。おかしな人だと思う。自分から距離を置こうとしたくせに。

「文乃、文乃……愛してるよ」

「うん、成海くん、私も……」

甘い麻薬のような男だ。女を誘い込んで堕落させる強烈な毒。

それでも、堕落した自分と一緒に壊れて死んでくれるなら、毒に溺れ切るのも悪くないかもしれない。

なにしろ文乃は今、とても幸せなのだから。

# 終章　愛及屋烏《あいきゅうおくう》

「あ、ほらほら、そっち、焼けてるよ！」

「えっ、どこどこ？」

「文乃ちゃんの方だよ！　焦げちゃう焦げちゃう！」

「きゃあ！　燃えたぁ！」

女性陣の騒がしくも楽しそうな声が藤平家に響く。

男性二人は、ビールを片手に折り畳み式のチェアに腰かけ、彼女たちの様子を優しい眼差しで眺めている。

そこそこのお値段がしたはずのこの分譲マンションの角部屋であるここには、広めのバルコニーが付いている。普段はほとんど活用することはないのだが、バーベキューをする時だけは別である。おもてなし職人である藤平が道具を持っていないはずはなく、グリルや着火剤、備長炭のみならず、アウトドア用の折り畳み式のテーブルやチェアなどもトランクルームに完備してある。それらをいそいそと持ってきてバルコニーに並べ、大切な友人である桜子と柳吾を招いたという本日である。

藤平も柳吾も料理好きとあって、本来ならバーベキューも自らが采配《さいはい》したいところではあるのだが、なにしろ自分たちのかわいい恋人らが、屋外での料理が物珍しいのか嬉しそうにトングを片手に肉を焼き始めてしまったのだから仕方ない。

「まあ、十分かそこらで飽きるだろうからね」

とは柳吾の言だったが、藤平もまったくもって同感だった。基本的に彼女たちの興味は、料理をすることではなく食べることにあるのだ。

そんなわけで彼女たちが飽きるまでの間、こうして恋人の焼いてくれた焦げ目の多過ぎる肉をつまみに、男二人ビールを飲んでいるのである。

「ところで、万事うまく片づいたのかな？」

桜子が皿の上にのっけてくれた、肉らしき黒い欠片を箸で摘まみながら、柳吾が訊ねた。

藤平は彼のグラスにビールを注ぎ足しながら頷く。

「はい。姉がうまく立ち回ってくれたようで、滞りなく」

「そうか。それは良かった」

「今回の件、柳吾さんにも本当にお世話になってしまって。ありがとうございます」

改めて頭を下げれば、柳吾はイヤイヤと首を振った。

「僕の方も、桜子に矛先が向いては困る状況だったから。不穏の芽は摘み取っておくに越したことはない」

「それでも、お礼を言わせてください。柳吾さんたちがいてくれなかったら、僕たちはこうしていられなかったと思いますから……」

自分たちが出会えたのも桜子を介した縁だったし、本仁の件が早く解決できたのも柳吾からの情報が元だった。彼らには返し切れない恩があるのだ。

「それにしても、あの小癪な車を大破させてやったのは、なかなか痛快だった」

その時のことを思い出したのか、柳吾がくつくつと笑いながら呟く。つられて藤平も笑ってしまった。

「ふっ……！　確かに……！」

あの時の社長の仰天した間抜け面を思い出すと、少しだけ胸のすく思いがする。あの程度で文乃が感じてきた苦痛を返せたとは思っていない。あれは藤平の私的な恨みだ。自分の大切なものを他者に害されるという不愉快さと憤りを、少しでも分からせてやりたかった。無論、車などというものと文乃を同等に扱えるわけもないが。

意外なことに、あの男から車への損害賠償の話はなく、警察も呼ばれなかったらしい。

——あの時、本仁の毒気にあてられていたようだったからな……。

本仁の話を振った時の怯えたような狼狽ぶりを思い出し、藤平は小さく息を吐いた。好いた女が思い通りにならないからとセクハラやパワハラを繰り返すようなくだらない男ではあったが、人に外傷を負わせるような度胸はなかったのだろう。スタンガンを持ち出した本仁に、共謀者《ようやく》その常軌を逸した本性を見て我に返ったのかもしれない。

そして己のしてきたことがどういうことであるのかを、初めて気づかされたのだ。外傷ではなかったとしても、あの男は十分に文乃を傷つけてきた。本仁と同じくらい度が過ぎたことをしてきたのだと。

今回、文乃へのセクハラやパワハラに関しても、否認も黙秘の態度も取らず、概ね事実を認めているという。それが反省していることになるとは思っていないが、ともあれ、車の件では損害賠償を求められなかった。

柳吾が借りていたレンタカーの分の請求があったので、こちらだけ支払わせてもらったのだ。柳吾は最初「大した額ではないから別に要らない」と言ってくれたが、これはけじめだからと無理矢理払わせてもらった。文乃のことに関して、自分ではない誰かが金を払うのに抵抗があるという理由もあったが。

「これまでの人生、車をぶつけたことはなかったからな。良い経験になった。どこかでネタに使わせてもらうよ」

ははは、と軽快に笑う柳吾は、世界の大作家様らしくやはりどこかズレているが、大物であることは確かだ。とりあえず、敵には回したくないなと思う。

藤平はビールを飲みながら、建物の隙間から見える空を見上げる。

真夏の空は、抜けるほどに青い。

金色の陽射しに目を細めていると、グリルの前でキャッキャしていた二人から声がかかった。

「成海くーん！　なんか火が強過ぎるみたいなんだけど！」

「柳吾さーん！　焼くの、飽きました～！」

男たちは顔を見合わせて噴き出すと、どれどれ、と立ち上がって恋人たちの傍に向かう。

それぞれの恋人からトングを手渡され、居場所を交換する。

料理人たちはグリルの上の無残な姿のダークマターらを手早く撤去すると、美しい所作で肉や魚介類、野菜を焼き始めた。火の加減を調節したり、用意してあったスパイスなどを振りかけたりして、あっという間に食材を焼き上げると、わくわくと見守っていた文乃と桜子に笑いかける。

「さ、お肉が焼けたわ。お皿持ってきてちょうだい、文乃」

「そら、エビが焼けた。桜子、好きだろう。レモンを搾って、たんとおあがり」

男たちが料理を乗せるのは、当然のように自分の恋人の持つ皿だけだ。つまり、文乃の皿には肉、桜子の皿にはエビが乗っている。

「あ、私もエビ食べたいです！」

「私もお肉食べたい！」

そう要求した彼女たちに、藤平と柳吾がにっこりと笑みを返した。

「君が食べるのは、僕が作ったものだけでいいのよ、文乃」

「えっ……」

「その通りだ。外食ならまだしも、こうして目の前で他の男が焼いた肉など言語道断。さあ桜子、今から僕が肉を焼くから、できあがるまで大人しくそのエビを食べていなさい」

「えぇえ……」

理解しがたいと言った顔になる二人をチェアに座らせ、男たちはそれぞれまた料理に戻る。藤平はもちろん今度はエビを焼き、柳吾は肉を焼いている。

「君とは気が合いそうだ」

「本当に」

にこり、と互いに微笑み合い、藤平と柳吾は手にしたビールグラスをカツンとぶつけたのだった。

# あとがき

ソーニャ文庫様では、なんと八回目の自己紹介となります。末広がりの八回目。縁起も良くまことにありがたく、幸せなことです。改めまして、春日部《かすかべ》こみと申します。

この本を手に取ってくださってありがとうございます。

早いもので、初めて本を出させていただいてから、もう七年目となります。光陰矢の如しとはこのことでしょうか。この七年を振り返れば、いろいろと感慨深いものです。

ソーニャ文庫様で初めて書いたお話は『逃げそこね』というタイトルでした。

自分ながら「結構良いタイトルだなぁ、へへへ……」と思っていたところ、担当編集者様も「良いタイトルですね。これでいきましょう」と言ってくださって、ものすごく嬉しかったのを覚えています。ああ、懐かしいなぁ……。

デビューしたてで何もかも手探り状態だった私を、根気よく丁寧にご指導くださった担当編集者様とも、もう七年のお付き合いになります。その間におかけした膨大な迷惑を考えると、ひたすら土下座するしかない次第であります。本当に申し訳ないです。

ソーニャ文庫様で書かせていただいた私の作品は、組ませていただいた編集者様とでなければ出来上がらなかったものばかりです。物語を作る苦しみも楽しさも教えてくださった――というよりも、一緒に味わってくださった……そんな印象です。

ソーニャ文庫様で拾い上げていただいたことは、私の人生の中でも、一位か二位を張る幸運だったと思います。本当に感謝ばかりです。ありがとうございます。

――さて、今作に関してのお話ですが。

既にお気づきの方もおられるでしょうか。今回のお話は、『勝負パンツが隣の部屋に飛びまして』のスピンオフとなります。完全コメディであった前作に比べ、今回はシリアスな要素も多くなっているので、雰囲気が異なりますでしょうか……。編集者様からは「ホラーでした」というお言葉までいただいてしまい、「あらら」と笑うしかなかった作者です。

今回のヒーローである藤平くんは、スパダリ過ぎて無自覚に相手を依存させてしまうメンヘラメーカーです。前作でも『モテまくり故にオネエ口調』という、とんでも設定でほんのりその異常性の片鱗を見せてはいたのですが、メインで書くとなると、まあ御察しの通り、かなりの曲者に仕上がりました。あはは。

そしてヒロインの文乃ちゃんも、美人で仕事のできるハイスペック女子であるのに、運命の理想の人をひたすら追い求める拗らせ女子です。クセもアクも強い二人の恋物語となれば――というわけで、ネタバレはここまでに致します。

大のお気に入りのキャラクターである柳吾と桜子も登場し、私はたいへん楽しく書かせていただきました。皆様のお気に召していただけると、これ以上の幸いはございません。

前作に引き続き、イラストを描いてくださった白崎小夜《しろさきさや》先生。

私が遅筆なために大変ご迷惑をおかけしてしまい、大変申し訳ございませんでした。にもかかわらず、麗しい完璧な二人を描いてくださって、ひたすらに感謝ばかりです。過酷なスケジュールの中、本当にありがとうございました！

そして毎回のように多大な迷惑をおかけしてしまっております、担当編集者様。

毎度毎度、聞き飽きたわ！　と言われてしまうかもしれません。本当に申し訳ございません。今後このようなことのないよう、自己を過信せず、着実にがんばります。今回も、Y様がいなければこの本は出来上がっておりませんでした。本当にありがとうございました。

並びに、校正者様、デザイナー様、営業担当者様など、この本が刊行するまでに、ご尽力くださった全ての皆様に、感謝申し上げます。

そして最後に、ここまで読んでくださった読者の皆様に、心からの愛と感謝を込めて。

春日部こみと

Sonya
ソーニャ文庫

この本を読んでのご意見・ご感想をお待ちしております。

◆ あて先 ◆
〒101-0051
東京都千代田区神田神保町2-4-7 久月神田ビル
㈱イースト・プレス　ソーニャ文庫編集部
春日部こみと先生／白崎小夜先生

# 藤平《ふじひら》くんは溺愛《できあい》したい!


2019年5月1日　第1刷発行

著　　者　春日部《かすかべ》こみと
イラスト　白崎小夜《しろさきさや》
装　　丁　imagejack.inc
D T P　松井和彌
編集・発行人　安本千恵子
発 行 所　株式会社イースト・プレス
〒101-0051
東京都千代田区神田神保町2-4-7 久月神田ビル
TEL 03-5213-4700　FAX 03-5213-4701
印 刷 所　中央精版印刷株式会社




ISBN 978-4-7816-9648-5
定価はカバーに表示してあります。